名前、口にするだけで――
早坂あかり
何ですか？
告白予行練習
僕が名前を呼ぶ日
原案／HoneyWorks　著／香坂茉里　イラスト／ヤマコ

君と二人きり――
ほら、
また好きになってく

ありがとう

辺りは静寂だ

縮まる二人の距離
触れたり離れたり

会
してる

告白予行練習

僕が名前を呼ぶ日

原案／HoneyWorks
著／香坂茉里

21203
角川ビーンズ文庫

本文イラスト／ヤマコ

CONTENTS

✳✶+ introduction ~イントロ~ +✶✳

「早坂あかり……」

放課後の教室に一人残っていた望月蒼太は、小さな声でその名前を口にしてみる。
たったそれだけのことで胸に広がっていく熱に、フッと口もとがほころんだ。
もし、名前で呼んでみたら、彼女はどんな顔をするだろう。
どう思うだろう。
どんな返事をしてくれるだろう。

(あかりんなら……)

机のそばにしゃがみ、ひょこっと顔をのぞかせながら——。

「なんですか？」

（なんて、きくのかな？）

現実では名前を呼ぶ勇気なんてないくせに。

毎日、こんな想像ばかりふくらませている。

今も——。

不思議そうな瞳（ひとみ）で見上げてくる彼女に手を伸（の）ばす。

そっと触（ふ）れてみると、その頬（ほお）は柔（やわ）らかく、ほのかな温（ぬく）もりが伝わってきた。

（ああ、やっぱりあかりんだ……）

見つめているだけで、名前を呼ぶだけで——。

「ほら……また好きになっていく」

蒼太はあかりの頬を手のひらで包みながら、ゆっくりとほほえんだ。

彼女の名前は、早坂あかり――。

『僕』が初めて好きになった人。
『僕』が初めて告白をした人。

『話があります。今日放課後、四時一〇分、この教室で……』
告白の返事は、まだ曖昧なまま。

『僕』じゃ、ダメですか？

あの日の、答えは――。

itsumokimiwomiteru

いつも君を見てる僕は、
知ってる——

bokuha, shitteru—

name1 ～名前1～

MILK

✦✶✦ name 1 ～名前1～ ✦✶✦

文化祭が終わり、それまで続いていたあわただしさもようやく落ち着いた十一月の終わりのことだ。

早坂あかりが男子に呼び出されたとウワサに聞いて、いてもたってもいられなくなった蒼太は、昼休みになるとすぐに教室を飛び出していた。

蒼太の片想い中の相手であるあかりは、学内のアイドル的な存在で、彼女が告白されることはめずらしくない。

かわいくて、いつも笑顔で、才能豊か。そんな彼女に憧れる男子は学年問わず多い。

実を言えば、蒼太もあかりを入学式の日に見かけて、一瞬で恋に落ちた一人だ。

想いの長さは他の誰にも負けないつもりだが、今のところ友達止まりの関係でしかない。

それでも、声をかけられずにいたころに比べたら、少しくらいは進展しただろうか。

あかりに誘われてケーキやアイスを食べにいったりもするし、連絡先も交換している。

とはいえ、『彼氏』なわけではないのだから、彼女に誘われて出かけることを、『デート』とは言えないだろう。

　あかりにとって蒼太は、まだ『友達』のままだ。

　だから、彼女が男子に呼び出されたからと言って、こんな風にヤキモチを焼く資格はないのかもしれないが、それでも気になるものは気になるのだから仕方ない。


　体育館の裏手に向かうと、すっかりギャラリーが集まっていた。

　みんなあかりに告白して玉砕する無謀な男子生徒の見物にきたのだろう。

　おもしろ半分で冷やかす声が飛び交っていた。

「早坂さんって、好きなやつとか……いますかっ⁉」

　あかりと向き合った男子生徒が、思い切ったようにたずねるのを聞きながら、蒼太は落ち着かない胸に手を当てる。

（うわぁ、直球できくなぁ……）

　あかりの告白の場面に遭遇──というより、こっそりのぞき見しにくることはこれが初めてではないが、そのたびにヒヤヒヤする。

　あかりが断ることはわかっていても、やはり心臓に悪い。

様子を確かめてみると、あかりは困ったような顔をして考えこんでいた。

「好き……な人ですか」

「どんなやつが好きとか、好きなタイプとか！」

立て続けに男子生徒がたずねる。これには集まっていた他の生徒たちも興味津々だ。

体育館の陰に隠れていた蒼太も、無意識に緊張しながら聞き耳を立てていた。


「んー……それは、好きになってみないとわかりません」

あかりは人差し指をあごに押し当てて答える。

そんな返答は予想していなかったのか、男子生徒はとまどうように沈黙していた。

（そういえば、あかりんって、好きになった人がタイプって言ってたんだよなぁ）

体育の授業中、あかりが夏樹や美桜を相手に話をしていたのを思い出す。

ついでに、あかりに気を取られていて、サッカーボールを顔面にくらった苦い記憶までいっしょによみがえってしまい、「うー……」と小声でうなりながら額に手をやった。

「それじゃあ、私は教室に戻らなくてはいけないので」

「あっ、待って！」

そんな会話が蒼太の耳にも聞こえてきた。

あわてている男子生徒に、あかりはペコッと頭を下げている。

これではほとんど、ふられたも同然だろう。肩（かた）を落としている男子生徒に、まわりから「残念だったなー」と慰（なぐさ）めの声がかけられていた。


あかりが告白に色よい返事をしないのは、いつものことだ。

そのことにホッとしている反面、自分のことを思い返していたたまれない気持ちになる。

蒼太も、あかりに告白した男子の一人だからだ。

その時の告白の返事は、はっきりとはもらえていない。

確かめたい。そう思う気持ちはある。けれど――。


表情を曇（くも）らせてうつむきかけた時、「望月君」と不意に声をかけられた。

「あ、あかっ…………っ！！！」

（あかりんっ！）

いつも心のなかで呼んでいるニックネームのほうを口にしそうになり、「早坂さんっ！」とあわてて言いなおす。

そばに立っていたあかりは、目を丸くしてからクスッと笑った。

「なにをしてるんですか？」

「え⁉　え――――と………」

（あかりんが告白されるって聞いて、すっ飛んで来ました……なんて言えないしっ‼）


「お昼ご飯、食べようと……思って」

ぎこちなく笑みを作って答えたけれど、急いで教室を出てきたものだから、昼ご飯らしきものはなにも持っていない。

見え透いた言い訳に自分でもはずかしくなった。どう見ても、他の男子と同じ野次馬だ。

あかりは蒼太の手もとをチラッと見てから、「そうなんですか？」と首をかしげている。

「そ、そうなんですっ‼　購買で、これから……買ってこようと……」

あかりの楽しそうな色を浮かべた瞳が、のぞきこむように見つめてくるから、「うぐっ」と言葉につまった。

（うっ……かわいすぎて直視できない！）

そう思いながら視線をそらしたけれど、すぐにまたあかりに引きよせられてしまう。

「早坂さんの……用事は終わった？」

「そうみたいです」

あかりが男子たちのほうに目をやる。

いつの間にか、告白した男子生徒とギャラリーの男子たちに注目されていた。

「誰、あいつ？」

「ああ、三年の……」

「なんで、早坂さんと？」

そんな会話が聞こえてきて、蒼太はドキッとする。

向けられる好奇心と嫉妬まじりの視線が痛くて、「じゃ、じゃあ、また！」と足早にその場を離れた。

（不自然、だったかな……？）

一度、後ろを振り返ると、あかりはまだ不思議そうな顔をして見送っていた。

こんな時、本当は堂々とあかりのそばにいたい。

誰にも引け目なんて感じることなく、彼女の隣に立っていたい。

そういう相手になりたかったはずだ。

なのに、どうしても自分のほうから一歩引いてしまう。
その理由は、蒼太自身が一番わかっていた。
不釣り合い――。

多くの男子にとってそうであるように、あかりは蒼太にとっても高嶺の花だ。
それは、告白する前も今も、変わっていない。
校舎に戻る途中、蒼太はふと足を止める。
そばに植えられた桜の木はすっかり葉を落として、寒空を見上げていた。
季節の移ろいを静かに待つように――。

（このまま……）
なにも変わらないまま、進展しないまま、卒業の春を迎えるのだろうか――。
そう思うと胸がしめつけられるようで、少しだけ目を伏せた。

放課後、職員室で用事をすませた後、蒼太は物静かな廊下を歩きながら携帯を確かめる。

「連絡なんて、ないか……」

文化祭までは、あかりから『いっしょにケーキを食べにいきませんか？』と誘われることもあったが、最近ではそれも途絶えている。

彼女は有名な美術大学の受験を決めてから、遅くまで学校に残り、顧問の松川先生の指導のもとにデッサンの練習をしているようだ。

週に何度かは、美大専門の予備校にも通い始めたと聞いている。

周囲の期待が大きいぶん、あかりも真剣なのだろう。

（あかりん、今日も美術室にいるのかな……）

蒼太は薄暗い廊下の先を、迷うように見つめた。


日が落ちるのも早くなったため、五時をすぎれば外は暗い。

白い蛍光灯の明かりが照らすなか、蒼太の足音だけが響いていた。

そのうち、廊下の先に美術室のプレートが見えてくる。

扉は開いたままになっているが、室内の電気は消えているようだった。

蒼太は「あれ？」と、つぶやいて扉の前で足を止める。

（誰もいないのかな……？）

なかの様子をうかがうと、廊下の光が差しこむ先に、あかりが一人で座っていた。

その姿に、蒼太はハッとする。

窓際に置いたイーゼルにキャンバスを立てかけ、彼女は無心に筆を動かしていた。

後ろ姿しか見えないが、下校時刻が迫っていることにも気づかないほど集中しているのだろう。

その姿に、重なる記憶がある——。

一年生の七月ごろ。夏休みに入る少し前のことだ。

美術室の前を通りかかった時、今と同じように、窓際にキャンバスが置かれているのが見えた。

青空に向かって力強く枝を伸ばし、誇らしげに咲く桜が描かれている。

その前でたたずむあかりの姿までも一枚の絵のようで、蒼太は目を奪われた。

まわりを包む柔らかな空気と静寂を壊しがたく、ただ息をのんでしばらくその後ろ姿を見つめていた。

早坂あかり――。

それが彼女の名前だというのは、同じ美術部だった夏樹から聞いていた。

廊下ですれ違ったことはある。登校する時に見かけたことも。

彼女はいつだって笑っていた。楽しそうに、ほがらかに。

表情を曇らせているところや、哀しそうな顔をするところは一度も見たことがない。

そんな表情は、あかりにはあまりにも似合わなくて、想像できなかった。

入学式の時、初めて彼女を見て恋に落ちたくせに、一度も声をかけられなくてすごしていた日々。

自分のなかのどこをさがしても勇気なんて見つからなくて、映画のスクリーンのなかのヒロインに想いをはせるように彼女を見つめていた。それだけで満足していた。

自分はただの観客で、傍観者。

手を伸ばしても届くことはない。

そんな存在なのだと、勝手に決めつけて。

初めて声をかけたのは、三年生になってから。

教室の扉の前で、顔を合わせた彼女に思わず口にしていたセリフ。

『おはよう！　寝癖ついてるよ』

キョトンとした顔で見上げているのがあかりだと気づいた途端、あせってうろたえた。

『ここ、ぴょこんて跳ねて……ます……』

そう、取り繕うように言ったけれど、最後のほうは口ごもってしまってほとんど言葉になっていなかっただろう。

あかりは髪に手をやって確かめると、パッと赤くなっていた。それから――。

『ナイショ』

彼女は人差し指を唇に押し当てながら、はずかしそうに笑った。

その瞬間、蒼太は熱くなった血液が、体中を駆け巡るのを感じた。


自分が客席ではなく、スクリーンのなかに、彼女と同じ世界のなかに立っているのだと気づいたのはあの時だ。

声をかければ、応えてくれる。手を伸ばせば、届く場所にいる。

今だってそうだ。声をかければ振り向いてくれるだろう。

なのに、扉の前で立ち止まったままためらっている。

(本当は……もっといっしょにいたいんだよ)

カフェやケーキショップに立ちよって、他愛(たわい)ない会話をして、笑い合っていたい。

メッセージのやりとりだって毎日したい。どんなにくだらないことだっていい。

けれど、それは自分の一方的なワガママだ。

あかりにとって、今がどれだけ大事な時か、わかっているつもりだ。

蒼太は彼女に気づかれないように身をひるがえし、そっとその場を後にする。

今は、あかりの邪魔(じゃま)にはなりたくなかった——。

＊

週明けの朝、ジュースのパックを手に渡(わた)り廊下を歩いていた蒼太は、ふと、中庭に目を向けて足を止めた。

花壇(かだん)のまわりで落ち葉の掃除(そうじ)をしているのは、二年と一年の園芸部員たちだ。

そのなかには虎太朗(こたろう)や雛(ひな)の姿もある。

あの花壇をいつも一人で世話をしていたのは恋雪だ。けれど、恋雪も文化祭が終わると引退を決めたようで、花壇の世話は下級生に任せている。

ワイワイと楽しげに作業をしている園芸部員たちを、蒼太はしばらくながめていた。

吹き抜ける風は冷たく、もうすっかり冬の気配を漂わせている。


あかりに告白してから一ヶ月以上が経つが、あいかわらず、答えはもらえていない。

（まだ、ふられたわけじゃないんだ……）

蒼太は自分に言い聞かせるように、心のなかでつぶやいた。

けれど、実際にはほとんどふられたようなものなのかもしれない。


あかりが返事をしないのは、彼女なりの優しさなのかも。そう、考えてみたことがないわけではなかった。

蒼太は夏樹の幼なじみで、夏樹はあかりの親友だ。親友の幼なじみをふると、夏樹と気まずくなる。だから、『ごめんなさい』とはっきり言わないだけなのかもしれない。

考えれば考えるほどに、『そうじゃないか』と思えてくる。

「やっぱり……僕じゃダメなのかな……」

自分の口からこぼれたつぶやきに、落ちこみそうになった。

ヒロインにふさわしいのは、かっこよくて、頼りがいもあって、ピンチになればすぐに駆けつけてくる、そんな女の子なら誰もが憧れるヒーローみたいな相手だ。

こんなヤキモチ焼きで、自信も持てないような相手役では、誰も納得しないだろう。


（気持ちなら、あるのに……）

好きな気持ちなら、誰よりも強くこの胸にある。

あかりが頼ってくれるなら、どんなことだってする。

助けを必要としているなら、どこにいたって駆けつける。

相談にだっていくらでものるし、つらい時にはそばにいる。

絶対、悲しませないし、毎日だって笑わせてみせる。

告白の時に誓った決意は全部本気だ。全力で彼女を幸せにしたい。

けれど、あかりは困っていても蒼太には言わないし、助けを求めるようなこともない。

愚痴の一つだって、口にしない。

『なにか困っていない？　してほしいことはない？』

そうきいても、『大丈夫です』と彼女は笑って答えるだけだろう。

（必要としているのはいつだって、僕のほうなんだ……）


そんなことをぼんやりと考えていた蒼太の耳に、「望月君」と声が聞こえた。

振り向くと、渡り廊下の出入口にあかりが立っている。登校してきたばかりなのか、まだカバンをさげたままだ。

「早坂さん……あ、おはようっ！」

蒼太はあわてて、いつものように笑みを作った。

あかりはそばにやってくると、「おはようございます」と挨拶を返してくれる。

それから、少しためらうように視線を下げていた。


「あの、望月君。今日の放課後……空いてますか？」

「今日？　あ、うん、大丈夫。空いてるよ」

「よかった。それじゃあ、美術室で待ってますから」

あかりはパチンと手を合わせると、ホッとしたような声でそう言った。それから、クルッと身をひるがえし、足取りも軽く校舎へと戻っていく。

「な……なんだろう？」

あかりから声をかけられたのはうれしい。けれど、美術室でというのが気になって、急に不安に襲われた。

（まさか、告白の返事……じゃないよね？）

考えた途端に心拍数が上がってきて、蒼太は渡り廊下の出入口を見つめる。

そこに、あかりの姿はもうなかった――。

一日中、しめつけられるような苦しさを感じていて、胃までどうにかなりそうだった。

（ダメだ、心臓が痛い……）

古典の授業中も、よほど青い顔をしていたのだろう。

明智先生に、『望月、お前大丈夫？　保健室行くなら、行ってもいいぞ？』と真顔で心配されてしまった。

授業の後、あかりとの約束を思い返しながら美術室に向かっていた蒼太は、廊下の途中でふらつきそうになり壁に手をつく。


「どうしよう。ごめんなさいなんて言われたら、気を失いそう……」

廊下の先に目をやると、美術室はすぐそこだ。

失恋の二文字が、いやでも頭をよぎる。

その時には、どうすれば立ちなおれるのだろうか。

新しい恋を始めるなんて気持ちには、到底なれそうにもない。

「あかりん以上に好きになれる人なんて……いないよ……」

これは、きっと一生に一度のもの。そういう恋だ。

(でも、どんな結果だったとしても、ちゃんと受け止めないと……)

それが告白した自分の役目だと、蒼太は息を吐き出してからクイッと顔を上げる。

すぐにふられなかっただけ、きっと少しだけマシだ――。


美術室の前で、気持ちを落ち着かせるように目を伏せる。

「……早坂さん、お待たせ!」

扉を開いて美術室に入ると、窓辺にたたずんでいたあかりがパッと振り返った。

彼女も緊張しているのか、胸の前で片手を握りしめている。

その唇が、「あ、望月君……」と蒼太の名前を呼んだ。

室内が薄暗いのは、すべてカーテンが閉ざされているからだ。

「あ、あの……えっと……」

こんな時になにを言えばいいのか。

すぐに思いつけなくて、視線をさまよわせる。

あかりも目を合わせようとしないから、言い出しにくいことなのだろう。

これが、告白の返事ならきっと――。


（本当に……終わっちゃうのかな……ここで）

そんな思いが胸をよぎって、蒼太はいつの間にか下を向いていた。

だったら、最後くらい、情けない顔をしないで笑顔で――。

意を決して口を開こうとした時、あかりが見上げてきた。

「あ、あの、望月君！」

「は、はい！」

「望月君にお願いがあります！」

真剣な眼差しで見つめてくるあかりにたじろいで、足が一歩退く。

そのままよろめいて、蒼太は作業台に両手をつきながら軽く身を仰け反らせた。

「……へ？」

口からもれたのは、そんな間の抜けた声だった。

(告白の返事じゃ……？)


あかりはためらっているのか、両手を握り合わせたまままなかなか言い出さない。

「あか……じゃなくて、早坂さん？」

「あの……望月君に……」

深呼吸したあかりの肩が少しだけ上がる。それから、思い切ったように——。

「望月君に……制服を脱いでもらいたいんです‼」

「は、はい、よろこんで！」

蒼太はあかりの声につられて、つい勢いで返事をしていた。

それから、ポカンとして彼女を見る。

「って……え？」

(制服を……脱ぐ？)

あかりは頬を赤くしながら、ギュッと目をつむっている。

(……制服を⁉)

「え……えええええええええ────っ‼」

仰天して叫んだ蒼太の声が、美術室だけではなく廊下にまで響き渡っていた。


(これって、喜ぶべき状況なんだろうか……それとも、悲しむべき状況なんだろうか……)

椅子に腰かけた蒼太は、あごを片手で支えながら深刻な顔をして考えこむ。

あかりが、『望月君に制服を脱いでもらいたいんです‼』なんて言うから、腰を抜かしそうなほど驚いたが、なんということはない。ただデッサンのモデルを頼みたかっただけのようだ。

しかも脱ぐ必要があったのは、ブレザー一枚だけだ。

『ダメ……ですか？』

あかりが上目づかいにおずおずときくから、『ダメじゃないです。全然、ダメじゃないです！』と頭よりも先に口のほうが素早く返事をしていた。

（はぁ……なに、勘違いしてたんだろう？）

告白の返事だと勝手に思いこんで、勝手にふられることを想定して意気消沈して。

今日一日の空まわりっぷりがはずかしくて、赤くなった顔に手が移動する。

「望月君、動いちゃダメです」

「は、はいっ、すみません！」

あわてて手の位置を戻すと、蒼太は真剣な表情を作った。

しばらくはそのままの姿勢でいたが、あかりの様子が気になり視線が移動する。

あかりはクロッキー帳を腕に抱えながら鉛筆を走らせていた。

その手は、さっきから少しも止まらない。

下を向いていなければならないのに、蒼太はその姿から目を離せなくなった。

一心に描くその表情は、いつもより大人びた表情に見える。

『かわいい』ではなく、どちらかというと『綺麗』という言葉のほうがしっくりくるだろう。

いつもと違う表情を見せる彼女に、落ち着かなくなる。

今、この美術室にいるのは二人だけだ。

思いがけず、同じ時間をすごせているのだから、こんなに幸運なことはないだろう。

けれど、あいにくと今の蒼太は動けない。かれこれ三〇分ほどこの姿勢を維持しているが、腕が痺れてきているし、脚もプルプルと小刻みに震えていた。

（あかりんのためだ。我慢しろ）

そう自分に言い聞かせながら、さっきからなんとか耐えている。

彼女が集中しているのに、先にギブアップするわけにはいかない。

（これって、一応は役に立ててる……って思っていいんだよね？）


あかりがふと手を止めて、鉛筆をあごに押し当てる。

なにか迷うことがあったのか、しばらくそのまま考えこんでいた。

本当のことを言えば、今日が告白の返事の日ではなかったことに、蒼太は少しばかりホッとしていた。

今はまだ――そばにいられる。

（僕じゃ、ダメですか――）

告白した日、彼女に伝えた言葉だ。

心のなかで何度も問いかけていた。

そのたびに、胸がしめつけられて、息苦しいほどの焦燥に襲われる。

あかりは、本当はどう思っているのだろう？

彼女は自分の気持ちを、全部笑顔のなかにしまって表には出さない。

だから、蒼太のことを本当はどう思っているのか、その態度や言葉から本心をさぐるのは難しかった。


（あかりんって、自分の気持ちを言葉に出すの……苦手なんだよね）

卒業制作の映画の絵を頼んだ時、映画研究部との橋渡し役をしていたのは蒼太だ。

依頼した絵がうまくいかなくて、あかりはかなり悩んでいたようだ。

『どうして？』

蒼太は何度もそう問いかけたけれど、あかりは困ったように沈黙するばかりだった。

（でも、あかりんは、最後は自分で正解にたどり着くんだ）

あかりが、『遅くなってごめんなさい』と持ってきた絵を目にした時にわかった気がした。

彼女が時間をかけてさがそうとしていたものは、『これ』だったんだと。

蒼太は、不覚にも目頭が熱くなった。

彼女の心のなかは複雑で多彩。様々な感情があふれていて、その感情のなかでたゆたっているような。それがあかりなんだと気づいた。

言葉で気持ちを伝えるのが苦手なのは、『わからない』からではない。

言葉という単純なものでは、彼女は自分の気持ちを伝えきれないのだ。

絵というものを通すことで、感じているもの、見ている世界を、他の誰かに伝えることができる。

本当の意味で、あかりの心に触れられるのは、絵を通してだけなのだろう。

あの時と同じ。告白の返事をまだ聞かせてもらえないのは、なにかをさがしている途中だからなのかもしれない。

だとしたら、そのなにかが見つかるまで、黙ってただひたすら待っているだけだ。

どれだけ時間がかかったとしても。

（長期戦になるのは覚悟の上なんだけどなぁ……）

とはいえ、現実問題、卒業してしまえばあかりとの接点はほとんどなくなってしまう。

そうなれば、自然消滅ということもじゅうぶんに考えられるだろう。

蒼太は、「うーん……」と小さくうなった。これでは本当に、『考える人』そのままだ。


「……君……望月君……ありがとうございます」

どれくらい時間が経ってからか、クイクイとシャツが引っ張られる。

顔をのぞきこんでくるあかりにびっくりして、蒼太は「うわあぁ！」と大げさなほど大きな声を上げていた。

そのまま、椅子から転げ落ちてドタンとしりもちをつく。

かなり痛くて、「くーっ！」と声がもれた。

「大丈夫ですか？」

目を丸くしているあかりに、なんとか「大丈夫です」と答えてヨロヨロと立ち上がる。

そのあいだに、あかりが倒れた椅子をなおしてくれていた。

「デッサン、終わった？」

あかりは自分の椅子の上に置いていたクロッキー帳を取り、「はい」と答える。

（僕の絵、どうなったかな？　情けない顔してないといいけど……）


「あの……見せて、もらっても……いい？」

気になってたずねると、あかりは「これです」とクロッキー帳を顔の前に上げてみせる。

そのページにはびっくり箱から飛び出す、蒼太の人形の絵が描かれていた。

「えっ、こ、これ!?」

（あかりん、あんな真剣な顔して、これ描いてたの!?）

箱の立体感や人形の質感、陰影がリアルで、力作には違いないが――。

あかりはクロッキー帳で顔を半分隠しながらクスクス笑っている。

「冗談です」

「えっ、じょ、冗談？」

とまどってきくと、彼女はクロッキー帳を少しだけ下げて、ペロッと舌を出した。

そんないたずらっぽい笑みに胸を打ち抜かれて、蒼太はふらつきそうになる。

そのまま、卒倒しなかった自分を褒めてやりたい。

（こんなあかりんを見られるなら、ブロンズ像のかわりくらいいくらでもするよ！）

からかわれたとわかっていても、許してしまう。そう思っていると——。

「本当は、こっち……」

あかりが、クロッキー帳を一枚めくってデッサンを見せてくれた。

それを目にした蒼太の口から、「あっ」と小さな声がもれる。

（これ……僕？）

椅子に座っているのは蒼太には違いない。けれど、自分とは思えないくらいに穏やかで優しい表情をしていた。

『考える人』のポーズを取っていたはずなのに、そこに描かれている蒼太は顔を正面に向けている。

目を細めて見つめている先にいるのは、描かれてはいないけれどあかりだ。

その瞳は切なげに熱を帯びている。

熱心にデッサンをしているあかりを、時々そっと見ていた。

あかりはクロッキー帳に視線を落としていたから、気づいていないと思っていたけれど、しっかりバレていたらしい。

(僕、こんな顔して……っ!)

蒼太は顔が真っ赤になるのがわかって、バッと片手で口もとを押さえる。

いつも、こんな顔であかりを見つめていたのだろうか?

こんなにもはっきりと、気持ちが出てしまっているなんて——。

(あかりん、はずかしいヤツだって思ったよね? うわぁ〜消えたい〜〜っ!!)

思わず両手で頭を抱(かか)えていると、「望月君?」とあかりが首をかしげる。

「あのさ、早坂さん! その絵……僕がもらってはダメですか?」

蒼太はパッと顔を上げてきいた。

あかりが描いてくれたものだし、絵自体に不満があるわけではない。

むしろ、実際鏡で見る自分よりも、断然かっこよく見えるくらいだ。

それはうれしいのだが——このはずかしい顔だけは彼女の手もとに残してはおけない。

あかりは瞬(まばた)きすると、少しのあいだクロッキー帳を見つめて思案していた。

「やっぱり……ダメです」

「ええっ!?」

「こっちなら、いいですよ？」

あかりはペリッとページを一枚切り離す。

差し出されたのは、蒼太の人形が描かれたびっくり箱の絵のほうだ。

「こっち……ですか」

蒼太はその絵を受け取ると、苦笑いを浮かべる。

パタンとクロッキー帳を閉じたあかりは、それを大事そうに抱きかかえていた。

（絵の僕、喜べよ。今、あかりんの腕のなかなんだから……って、なに絵に嫉妬してるんだよ）

そんな自分にあきれてつい、ため息がもれた。

あかりはクロッキー帳と筆記用具をカバンにしまい、クルッと蒼太のほうを向く。

「帰りましょうか」

「えっ……いっしょに!?」

「他に約束がありましたか？」

「いいえ、約束なんて全然まったくないです！」

蒼太は首と手をいっしょにプルプルと振った。

「よかった。デッサンのモデルをしてくれたお礼に、ケーキをごちそうしたくて」

「そんなの、いいよ。お礼って言われるほどのことしてないし、ただ座ってただけだし！」

「ダメです。今日は私がごちそうするんです」

めずらしく言い張ると、あかりは上機嫌になって歩き出す。

蒼太は頭の後ろに手をやって、少し迷ってから彼女の後に続いた。

あかりが案内してくれたのは、駅近くの表通りから外れたところにあるカフェだ。

隅の席に座ると、蒼太はあかりにすすめられたガトーショコラとコーヒーを注文する。

彼女が頼んだのも同じものだ。

（あかりんの好きそうな店だなぁ……）

運ばれてきた水のグラスに両手をそえたまま、蒼太は店内をながめる。

シンプルな内装で、ピアノの曲が邪魔(じゃま)にならない音量で流れていた。


そのうちに、注文したものが運ばれてくる。

「ここのケーキ、チョコが濃厚(のうこう)で、しっとりしていて、お気に入りなんです」

フォークで切り分けたケーキを口に運び、あかりはおいしそうに顔をほころばせる。

本当に好きなのだろう。彼女を見つめているだけで蒼太は幸せな気分になる。

自分の皿を手に取ってケーキを一口食べてみると、外はサクッとしているのになかはしっとりしていて、口当たりもなめらかでおいしい。

ビターなチョコの味が、添(そ)えられていたクリームによく合う。

甘みがしつこくないのも、蒼太の好みだった。

（んー……さすが、あかりんのオススメの店だな……）

これは、今まで食べたガトーショコラのなかでも上位にくるおいしさかもしれない。

満足しながら、蒼太はコーヒーのカップを口に運ぶ。

ふと視線を上げると、「どうですか？」と言うようにあかりが見つめていた。

「あ、うん。すごく、おいしいっ！」

そんな月並みな感想しか出てこなくて、ついあせる。

「よかった……望月君なら、絶対、気に入ってくれると思ったから」

「僕なら？」

「シンプルなケーキが好きでしょう？」

何気ないあかりの言葉に、蒼太はドキッとした。

彼女とは何度かケーキショップやカフェに行ったけれど、自分がどんなスイーツが好きだという話はしたことがない。

（気づいてくれてたんだ……）

蒼太に合わせて、今日この店と、このケーキを選んでくれた。

それがうれしくて、なんだか笑みがこぼれる。

「今日は付き合ってくれて、ありがとうございました」

あかりはカップをソーサーに戻（もど）すと、改まったように頭を下げてきた。

「えっ、あ、いや……こ、こちらこそ！」

（むしろ、誘（さそ）ってくれてありがとうって言いたいのは、僕のほうだよ）

あかりが声をかけてくれなければ、今日こんな風にいっしょにすごすことはできなかっただろう。

「おかげで、助かりました。デッサンのモデルをやってくれる人をさがしてたんだけど、なかなか見つからなくて……望月君にしか頼めなかったから」

あかりは手を合わせながら、ほんの少しはずかしそうな顔をする。

(それって、つまり……？　いや待て、あんまり期待しすぎるなよ。単に頼みやすかったってだけかも)

蒼太は、「うーん……」と考えこみながら、いつもの癖でミルクをたっぷりとコーヒーにそそぎいれる。

カップを口に運ぶ途中で、ふと手が止まった。

「デッサンのモデルなら、なつきとか、合田さんに頼めばよかったんじゃ……」

美桜は受験勉強があるから無理だとしても、夏樹なら喜んで引き受けただろう。

「あ、それは……今回は男の人にモデルをしてほしくて。美桜ちゃんやなっちゃんなら、美術部の時に何度もデッサンさせてもらったから。男の人と女の人では、骨格とか、筋肉のつき方が違うでしょう？」

「ああ……そう言われてみればそうかも」

「望月君、手を開いてみてくれますか？」

あかりに言われ、蒼太はわけもわからず手を開いた。

その手にあかりが手を重ね合わせてきたので、びっくりして目を見開く。


「あ、あかっ⁉ じゃ、なくて…………っ！！！」

あせった拍子(ひょうし)にテーブルに膝(ひざ)をぶつけてしまい、「痛っ」と大きな声が出た。

クスッと笑ったあかりの手は、蒼太の手とぴったり合わさったままだ。

「ほら、望月君と私だって、こんなに手の大きさが違う」

そう言われて、蒼太は自分の手を見る。

手のひらを通して伝わってくる体温に、急に脈が速くなった。

男子の角張った手とは違う。

彼女の手は柔(やわ)らかくて、ほっそりしている。


このまま自分の手のなかに包みこんでしまいたい――。

そんな衝動(しょうどう)にあせって、思わず手を引っこめた。

あかりはキョトンとしていたけれど、蒼太はどうしようもなくはずかしくて、目を合わせられない。

「ご、ごめん……」

そう、小さな声で謝った。


「私こそ……ごめんなさい」

あかりも、落ちこんだように視線を下げる。

「あ、いや、早坂さんに触られるのがいやだとかじゃないんだよ！」

いきなり手を引っこめたから、そんな風に思われたのかもしれない。

「そういうことじゃなくて……びっくりしただけで……」

うまく弁解できなくて、蒼太は口ごもった。

二人のあいだに、沈黙が流れる。

それを、打ち切るように口を開いたのはあかりのほうだ。


「また……」

カップを両手で持ちながら、彼女が視線を上げた。

蒼太も同じタイミングで見たから、おたがいに目が合う。

「デッサンのモデル……付き合ってもらっていいですか？」

そんなあかりの言葉に、蒼太はパッと表情を明るくして、「もちろんです！」と意気込むように答えた。

「いくらでもやります！　脱げと言われたら制服だって、靴下だって脱ぎます!!」

（って、僕、なに言ってんのーっ！）

勢いで口走ってしまって赤面した。

チラッと見ると、あかりは口もとに手をやってクスクスと笑っている。

「靴下は、脱がなくてもいいです」

「そ、そうですよねーっ!!」

蒼太は「あはは」と笑って、はずかしさをごまかした。

（でも……よかった。僕にもあかりんの役に立てることがあるんだ）

役に立っていると言えるほどのことでもないのかもしれない。

それでも、あかりが頼ってくれたことがうれしかった。

（なにもできないわけじゃないんだ……）

もっと、自分にもやれることはあるはずだ。そう思えたから。

＊

その日の夜、蒼太は風呂から上がると、部屋に明かりを点けて勉強机に向かう。

カバンから取り出したのは、あかりが描いてくれた絵だ。

びっくり箱から飛び出した人形のおどけた表情に、「変な顔」と失笑する。

その絵を机の前のコルクボードにピンで留め、しばらくのあいだながめていた。


（今のままの僕じゃ……ダメなんだ……）

あかりにもっと必要とされたい。

困った時、苦しい時、つらい時、どんな時でも、彼女が真っ先に思い浮かべて、頼ってくれるのは自分であってほしかった。

（他の誰かじゃ、いやなんだ……）

けれど、あかりの前ではいつも一杯一杯になって、情けないくらいにオロオロしてしまう。

むしろ、彼女に助けられることのほうが多い。

今日も、声をかけてくれたのはあかりのほうからだった。

頭ではわかっているのに動けない。今のままでは、胸を張ってあかりの隣にいられない。

もし、彼女にふさわしい完璧な王子様みたいな誰かが現れたとしても、あかりをあきらめることなんてできないだろう。

この先もあかりの隣にいたいなら、本気で付き合いたいと思うなら、自分が『ふさわしい誰か』になるしかないんだと思えた。


(そんなの、人に笑われるかな……王子様って柄でもないし)

蒼太は苦笑して、机の引き出しから原稿用紙の束を取り出す。

どんなことでもいい。『僕にはこれがある』と言えるようなものがほしくて、『自分の可能性』というものを信じてみたくて始めたことだ。

自分から踏み出さなければ、変わろうとしなければなにも始まらない。

それは、好きな人のために自分を変えていった恋雪に教えてもらったことだ。

あかりや春輝のような突き抜けた才能がないことくらい、自分でもよくわかっている。

脚本を書き始めたのも、春輝に『もちた、書いてみるか？』と言われたからで、自発的なものでもなかった。

それから、『他に書けるやつがいない』という理由で、映画研究部で脚本を担当してきた。

非凡なものはなにもない。けれど、世の中の大半は自分と同じ平凡な人間だ。

才能にあふれる誰かに憧れ、自分にもなにかできるかもしれないと期待して、でも、精一杯がんばってみても届かなくて、落ちこんで。

平坦な日常に飽き飽きしながらも、誰かとふざけてはしゃいで笑って、誰かに恋をして。

ヤキモチも焼いて、小さなことで悩んで、失敗もして。それでも、『なりたい自分』を目指して、前を向いて進もうとする。

そんなどこにでもいる、ありふれた人間だからこそ、書ける気持ちというのもあるのではないか。同じように生きる誰かの胸に響く、共感してもらえる、なにかを書けるのではないか。

そんな気持ちにかり立てられるままに、原稿用紙に向かっていた。

ヒロインのモデルはあかりだ。

最初は特に彼女をモデルにしていなかったが、書いてみればあかりにしかならなかった。

この物語の行き着く先を、蒼太はずっとさがしている――。

kareshidemonainoni, bokuhayaiteru—
Honey
Honey
MILK

name2 ～名前2～

彼氏でもないのに、
僕は妬(や)いてる――

✳✶+ name 2 〜名前2〜 +✶✳

その週の日曜日、蒼太が自転車を走らせて向かったのは駅前の書店だ。品ぞろえが多く、カフェも併設していて自由に本を読めるようになっているから、たまにここで休日をすごすことがあった。

小説の並んでいるコーナーで立ち止まり、一冊手に取ってみる。それをペラペラめくっていると、「あれ、望月君?」と声をかけられた。

振り向くと、そこにいたのは同じクラスの綾瀬恋雪だった。

「ゆっきー! あれ、どうしたの? その眼鏡」

恋雪がかけている縁の厚い眼鏡は、以前、彼がよくかけていたものだ。

最近はずっとコンタクトにしていたから、久しぶりに見る姿に、なんだか昔の知人にばったり出くわしたような親近感を覚えた。

(そうそう、ゆっきーってこういう感じだったんだよね)

髪も短くすっきりしているから、眼鏡も以前のようには野暮ったくは見えない。

「コンタクト片方なくしちゃって……作りなおしにいこうと思っていたところなんです。でも、久しぶりにかけると、なんだか違和感がありますね」

「そんなことないって。眼鏡かけたゆっきーを見ると、ちょっと安心するって言うか……ああ、ゆっきーだなって。あ、わ、悪い意味じゃないから！」

蒼太がワタワタしながら言うと、恋雪はほんの少し照れくさそうに笑った。

「本当のことを言うと……僕も眼鏡のほうが安心するんです」

「そっか。よく似合ってるよ」

「ありがとうございます」

「望月君は……一人ですか？」

「あ、うん……優はほら、受験勉強があるし。春輝も留学の準備とかで忙しいからさ。ゆっきーは？　参考書かなにかさがしてるの？」

「あ、いえ……僕はこれを……」

恋雪が見せてくれたのは、参考書でもなければ、問題集でもない。

その表紙に掲載されているのはバラの写真だ。

「園芸雑誌？」

「毎月買っていたから、つい……買わないとって思っちゃって。あ、見ているだけでも楽しいし、勉強にもなるんです。園芸部は引退してしまったけど、庭の手入れとか始めようかなって」

恋雪の顔がはずかしそうに赤くなるのを見て、蒼太はプッと吹き出した。

「受験生なのに庭の手入れって……ゆっきーって、絶対に大物になるよ！」

「望月君はなにを買いにきたんですか？」

「僕？　僕は……適当にぶらついてるだけって言うか……本当は、脚本の参考になるような本がほしかったんだけど、あんまり置いてないみたいなんだよね」

「脚本……それなら、図書館はさがしてみましたか？」

「学校の図書館に置いてあった本は一通り見たんだよ。あ、でも、そうか。公立の図書館なら置いてあるかも。ありがとう。そっちに行ってみるよ」

「それなら、僕もちょうどよろうと思っていて……」

「じゃあ……よかったら、いっしょに行かない？」

（ゆっきーと、もうちょっと話していたいし……）

休日にばったり顔を合わせるなんて、そうないことだろう。ちょうどいい機会だ。

恋雪も同じことを思ったのか、「はい」と笑顔になる。

「ゆっきーはお昼ご飯、もう食べた？」

「いえ、まだですよ」

「図書館行く前にどこかよらない？　話もしたいし……それに、お腹も空いたしさ」

「話？　じゃあ……どこに行きましょうか？」

「この近くなら、ハンバーガーかファミレスかな？」

そんな会話をしながら、蒼太は恋雪と並んで会計カウンターに向かった。

書店からほど近いところにあるファーストフード店に入った恋雪と蒼太は、商品を注文してからようやく空いた窓際の席に腰をおろした。

「望月君は、どうして脚本の勉強を？」

包みを開いてハンバーガーを口に運ぼうとしていた蒼太は、「え？」とその手を止める。

向かいに座った恋雪が、両手をコーヒーのカップで温めるようにしながら見ていた。

「映画研究部はもう、引退しているでしょう？」

「ああ……えっと、せっかくだから脚本は続けたいって、ちょっと思ったんだよね。がんばってきたものを、ここで終わらせたくないっていうか……これは、ゆっきーが園芸部を引退したけど、園芸雑誌を買ってるのと同じなんだよ。きっと」

「僕のは趣味（しゅみ）ですけど……望月君はちょっともったいないかな……」

「……え？」

「ほら、二年生の文化祭の時、映画研究部が上映会をしていたでしょう？」

「ああ、あったね！」

去年のことなのに、なんだか懐（なつ）かしい。今年は卒業制作の映画にかかりきりになっていたから、文化祭では上映会ができなかった。

「ゆっきー、みにきてくれてたんだ」

「はい。すごくおもしろかったです。テンポが良くて、どうなるのか予測できなくて、ハラハラドキドキさせられて……あの脚本、望月君だったんですよね？」

「あー……うん、一応ね」

オリジナルの脚本を書いたのはあれが初めてだったから、粗ばかり目立ってしまった。

「あんな脚本が書けるんだから、目指してみればいいのにって……素人の僕が言うのも無責任ですけど」

「あれは、監督した春輝の腕だよ。僕の脚本は全然、ダメだったんだから」

ハンバーガーに視線を落としたまま、苦笑をもらす。

「そんなことない。芹沢君だって、瀬戸口君だって望月君のことは認めていると思います。口に出して言わないだけで……三人は仲がいいから」

そう言って、恋雪はほんの少し羨ましそうに目を細めていた。

「本当のこと言うとさ……」

蒼太は一度口を閉ざしてから、曇っている窓ガラスのほうに目を向ける。

「目指してみたいって気持ちがないわけじゃないんだよ」

こんなことを、誰かに話すのは初めてのことだ。相手が恋雪だからだろうか。

柄ではない――。

きっと、他のみんなはそう思うだろう。

人一倍転ぶのがいやで、痛いのもいやで、失敗しないように、安全なことしかしない。

子供のころからずっと、そうだった。

(春輝はいつも無茶(むちゃ)して、ケガばかりしてたっけ……)

器用で、なんでも早くできてしまうのは優だった。自転車に最初に乗れるようになったのもそうだ。

春輝は何度も転んで、膝(ひざ)も腕も擦(す)り傷(きず)だらけになっていた。

痛いだろうに、少しも弱音を吐(は)かないし、泣いたりもしない。平気な顔をして、練習を続けるのだ。その成果もあって、最後には優以上にスイスイ乗りこなせるようになっていた。

春輝の才能を支えているのは、そんなあきらめない努力だ。

(僕は……転んですりむいたのが痛くて、もういやだ、やめるって泣いてたっけ……)

自転車に乗れるようになったのは、春輝と優が手伝ってくれたから。

後ろから二人が押してくれて、少しずつ恐怖心(きょうふしん)を克服(こくふく)して、乗れるようになっていった。

けれど、もうあのころと同じではないのだ。いつも、春輝や優がいっしょにいてくれるわけではない。どれだけこわくても、自分で決めた道を、自分で歩いていくしかない。

脚本家の道は、春輝が選んだ映画監督と同じように、才能と努力と運の世界だ。

蒼太自身が誰よりも自分の才能を信じられていないのに、同じような道を歩もうだなんて、無謀もいいところだろう。

「でもさ……あかりんも春輝と同じ世界にいるんだよ」

きっと、二人はどんどん先に進んでいく——。

そのうちに、きっと手が届かないほど遠くに行ってしまう。

そばにいたい。離されたくはない。

彼女と肩を並べていたい。

「だったらさ、僕も追いかけるしかないんだ」

目指したところでなれないかもしれない。それでも——。

真剣な顔をして少しのあいだ黙っていると、恋雪が口もとを緩めた。

「……望月君らしいと思います」

「実現するのはいつになるか、わからないんだけどね」

思い描いてみたところで、実現しないままに終わってしまうことだってある。

そもそも、脚本家になるにはどうすればいいのかすら、まだはっきりとわかってはいなかった。

「そんなわけで、とりあえず勉強だけでもしておこうと思って書店に行ったんだよ。小説家になる方法みたいな本ならあったんだけどさ。脚本家って、スクールとか通わないとなれないのかなぁ」

蒼太は頬づえをつきながら、「うーん……」と悩む。

恋雪もしばらく考えていたようだが、ふと、思いついたように顔を上げた。

「小説家では、ダメなんですか？」

「え？　小説家？」

「小説の賞なら、色々なところで募集しているでしょう？」

（そっか、小説……か）

脚本のことばかり考えていたから、そのことに思い至らなかった。けれど、考えてみれば、今書いている話は脚本よりむしろ、小説のほうが向いているのかもしれない。

（小説ならヒロインの気持ちもしっかり書けるし……）

「そうだ……これにも募集要項が載ってたかな」

恋雪は先ほど買ったばかりの文庫本を、書店の紙袋から取り出す。

「これって、恋愛もの？　ゆっきー、こういうの読むの？」

「榎本さんに教えてもらって……漫画化しているし、来年にはアニメ放送も。おもしろいですよ」

「そういえば、なつきが好きそうかも」

夏樹はアニメもゲームも漫画も大好きで、趣味の合う恋雪とよく貸し借りしていた。

「最近、学生向けの賞ができて、第一回目の募集をしていたはず……」

恋雪が募集要項の記載されたページを開いて見せてくれる。

（学校を舞台とした恋愛小説……）

まさに、蒼太が書いているものだ。けれど、本気で応募するとなると、今の手書き原稿をテキスト形式に打ちなおさなければならなくなるだろう。

（小説になおすのに、どれくらいかかるかな？　ギリギリになるかも……でも、やってみたい！）

急にやる気に火が点いて、ソワソワしてくる。

「ゆっきー、これって年に何回募集してるやつ⁉」

恋雪は携帯(けいたい)を取り出すと、サイトを開いて確かめてくれる。

「年に一回みたいです。締(し)め切りは十二月ですね」

「十二月……」

脚本としてならできあがっている。あと、半月あるなら——。


「これ、貸しますよ」

恋雪が本を閉じて、蒼太に差し出してきた。

「えっ、いいの？　買ったばかりでまだ読んでないのに」

「受験が終わるまでは積んでおくつもりだったし。返すのはいつでもいいので」

「ありがとう……ほんと、ありがとう、ゆっきーっ!!」

恋雪に背中を押されるのは、これで何度目だろうか。

いつもそのアドバイスに救われている気がした。


「ダメ元だけど、やってみるよ」

どんな小さな一歩でも、踏(ふ)み出さないと始まらないから——。

「応援(おうえん)しています」

HW

恋雪は穏やかにほほえんでいた。

それから数日、蒼太は放課後になると新聞部の部室に入りびたっていることが多かった。
今日は園芸部員たちが収穫したサツマイモで焼き芋大会をするらしく、新聞部員たちはおこぼれにあずかるため——ではなく、取材のために全員が出向いている。
そのため、部室にいるのは蒼太だけだ。
画面とにらみ合いながら執筆作業に没頭していたため、誰かが入ってきたことには気づかなかった。ポンッと丸めた冊子で頭を叩かれ、ようやくその手が止まる。

「あ、明智先生……っ!?」

「まーた、ここで作業してんのか？　パソコンなら映画研究部の部室にもあるでしょーが」

後ろに立って見下ろしていた明智先生は、丸めた冊子を自分の肩に運ぶ。

「部長の許可はとってありますよ？」

蒼太が首をすくめつつ答えると、「知ってるよ」と返された。

「俺、一応、顧問なんだから……それ、春輝や瀬戸口には知られたくないことなのか？」

「そういうわけじゃ……」

そう言いながら、蒼太は書きかけの小説に目をやった。

「運試しっていうか、力試しみたいなものなので、まだ二人には……」


明智先生は「ふーん」と、画面をのぞきこんでくる。

「この時、僕の胸を貫いた熱く滾る感情、それはきっと『恋』と……」

「うっわあああ――――っ！」

蒼太は大きな声を上げながら、ノートパソコンに抱きついた。

「なんで、読み上げるんですか⁉」

「いや、ほら。やっぱり国語教師としては……ね？」

「先生、古典の担当でしょう⁉」


「ん――まあ、それはいいとして」

明智先生が頭にのせてきた冊子が落ちてきて、蒼太はあわてて受け止める。

「桜丘タイム総集編？　な……なんですか、これ？」

いやな予感を覚えつつ、おずおずとたずねてみた。

「新聞部で半年に一回出してるまとめの冊子。それに載せる小説、原稿用紙換算三十枚でよろしく。テーマは『大・失・恋』だそうだから」

「ええっ！　あの……僕、新聞部じゃないんですけど？」

「望月ー」

「はい……なんでしょう？」

「お前が今、使ってんの、どこの部の備品だったっけー？」

そう言われると、反論できない。それに、新聞部に世話になっているのは確かだ。

蒼太はあきらめて、「わかりましたよ……」と返事した。

協力することがいやなわけではない。むしろ、後輩の役に立つのだから、喜ばしいことではあるのだろう。

「それの締め切り、今年中なー。原稿上がったら、部長に渡しておいてくれればいいから」

明智先生は手をヒラヒラさせながら、さっさと部室を出ていってしまう。

扉が閉まると、蒼太は「ハァー……」と肩の力を抜いた。

（今はとりあえず、この原稿を……）

クルッと椅子をまわして作業に戻ろうとした時、ちょうど携帯が鳴る。

「はいはい……出ますよー……」

携帯に手を伸ばして相手の名前を確かめた蒼太は、目が覚めたようにパチッと瞬きした。

勢いよく立ち上がった拍子に、椅子が後ろにすべる。そのまま机にぶつかると、カラカラと回転しながら戻ってきた。

「あ、あかりん⁉」


『今日、よければいっしょにケーキを食べにいきませんか？』

あかりに誘われ、急いで向かったのはいつものケーキショップだ。

明るい店内で、ショーケースのケーキを隣のイートインスペースで食べることができる。

人気の店だから土日は混み合うが、平日の午後はそれほどでもなかった。

蒼太はレアチーズケーキとコーヒーを、あかりはフランボワーズのケーキと紅茶をそれぞれ注文する。

席に運ばれてきたケーキを、あかりはさっそく頬ばってニッコリしている。

（あかりんって、ほんとおいしそうにケーキ食べるなぁ……）

うっとり見つめてしまっていたことに気づいて、蒼太はあわてて自分の皿に視線を戻した。


「今日は……どうして？」

そうきくと、あかりがキョトンとした顔で見つめてくる。

「あ、いや……えっと……ケーキ、誘われるの久しぶりだと思って」

あかりは「ああ……」と納得したように言って、カップを両手で持ち上げた。

「望月君と話をしたくて」

そんな彼女の言葉に、蒼太はゲホッとむせそうになる。

とまどいながら見ると、あかりはいたずらっぽくほほえんでいた。

急に心拍数が上がってしまい、蒼太はうろたえて視線をそらす。

（期待しているような意味じゃないって……）

きっと、これはいつもの『冗談』に違いない。

「そ……そういえば、寒くなったね！」

ごまかすように言ってはみたが、蒼太自身は暑くて汗がにじんでいた。

店内の暖房が効きすぎているせいかもしれない。

窓ガラスが曇り、通りの様子も薄ぼやけてみえた。


あかりも紅茶のカップに指をそえたまま、窓のほうに目をやる。

「雪……もうすぐ降るのかな？」

穏やかな表情のまま、彼女がポツリとつぶやく。

蒼太に言っているわけではないだろう。

わかっていながら、「うん……」と小さな声で返事していた。

あかりと目が合った瞬間、あせってパッと横を向く。


「望月君、最近なにか始めたんですか？」

「えっ、僕？」

「早く帰ることが多いみたいだから」

「たいしたことじゃ……ただ、本当に趣味って言うか」

(これじゃあ、納得してもらえないかなぁ……)

けれど、あかりをモデルにした小説を書いているなんて本人には話せない。

口ごもっていると、カチャッと音がする。

あかりがカップを下ろして、真っ直ぐにこちらを見ていた。

そんな彼女の瞳に、蒼太の心臓がドキンと鳴る。

「望月君」

「はい！」

つい身がまえて返事をすると、彼女はニコーッとほほえんだ。

「もう一個、ケーキ……食べませんか？」

蒼太が映画研究部の部室に駆けこんだのは、その二日後の放課後のことだった。
作業の途中だった春輝と優が何事かと振り返るなか、机の上のファイルをひっくり返す。
「ない……ないっ、ないっ‼」

引き出しのなかやパソコンまわりを確かめてみたものの、さがしものは見当たらない。

机の下にまでもぐりこんで原稿の束をかきわけると、埃が舞いあがってむせそうになった。

「なにさがしてるんだ？」

机の下をのぞきながら、怪訝そうにきいてきたのは優だ。

蒼太はモゾモゾと机から這い出すと、ぼう然としてその場に座りこむ。

「やっぱり……ない……」

（ここじゃないのかな……だったら、カバンのなかかも……）


「おい、もちた。いつまでサボってんだ。お前の仕事、だいぶたまってんぞ！」

「ごめん、後でする!!」

「後って、いつだ!?」

不機嫌な春輝の声を聞き流しながら立ち上がり、蒼太は急ぎ足で部室を出ていった。


さがしているのは、小説のデータが入った大事なＳＤカードだ。

学校と家の両方で作業をするため、そのなかにデータを保存して持ち歩いていた。

なのに、そのＳＤカードが一昨日から見あたらない。

教室に引き返した蒼太は、机の上にカバンの中身をひっくり返してみる。

ポケットやペンケースのなかも確かめてみたが、どこにもＳＤカードは入っていなかった。


「どこにいったんだ……」

最後に作業をしたのは、新聞部の部室だ。

（あかりんから連絡をもらって片づけて……ＳＤカードもカバンに入れたはずなんだよ）

けれど、いくら考えても、その先が思い出せない。

家に戻って作業の続きをしようとしたら、カバンのなかから消えていることに気づいた。

「新聞部の部室にもなかったし」

部室のパソコンに入れっぱなしにしている可能性もあると思い、次の日に授業が終わるとすぐ新聞部の部室に向かった。

事情を知ると、幸大たち新聞部の面々も総出でさがしてくれたが、見つけることはできなかった。

幸大が、『バックアップデータが残っているかもしれないので、調べてみます』と言ってくれたから、もしかすると途中までのデータは救出できるかもしれない。

（けど、それじゃあどう考えても間に合わないよ……）

投稿の締め切りまで、あと一週間もない。

「僕って肝心な時に……」

カバンによりかかるようにしてため息を吐いていると、カラッと教室の扉が開く。

誰か入ってきたのは足音でわかったが、頭を起こす気になれない。

突っ伏したままでいると、肩がトントンと叩かれた。

「望月君？」

不意に耳に入ってきたあかりの声にびっくりして、蒼太はガバッと起きる。

「あか……じゃなくて、早坂さん!!」

「よかった。望月君、まだ帰ってなくて……」

「え!?　あ、えっと、どうしたの!?」

あたふたしながらきくと、あかりの視線が物の散乱している蒼太の机に向かう。

「それ……」

「あ、なんでもなくて、ちょっと……さがしものをしてて！」

蒼太は急いで、カバンのなかに教科書やノートを押しこんだ。

「もしかして……さがしているのって、これですか？」

あかりの手がスッと横から差し出される。

それはまぎれもなく、蒼太がさがしているSDカードだった。


「これ……どこに⁉」

「ケーキショップに。望月君がお会計の時に落としていったみたいで。昨日、聖奈と立ちよったら、店員さんが覚えていて渡してくれたんです」

蒼太は、「あ……」と小さく声をもらした。

「そっか……財布取り出そうとして……」

（あんなにさがしても見つからなかったのに、あかりんが持ってきてくれるなんて……あかりんって、天使だよ……っていうより、僕にとっては幸運の女神なんだ！）

SDカードを受け取ると、それを軽く握りしめる。

ホッとした途端に、体から力が抜けたような気がした。

「ありがとう、早坂さん。すごく助かった！」

笑顔になって言うと、あかりも「どういたしまして」とニッコリする。

そのまま会話が途切れてしまって、蒼太は「えーと……」ととまどうように頭の後ろに手をやった。

（こういう時、僕から……いっしょに帰ろうとか誘ってもいいのかな？）

あかりの顔色をうかがうと、彼女はニコニコしたまま蒼太を見ている。

そんな彼女にドキッとして、蒼太は視線を外した。


（……そういえば、僕から帰ろうって誘ったことないんだっけ）

今、教室には二人だけしかいない。誘うにはまさに絶好の機会だろう。

そう思うと、急に胸の鼓動が忙しなくなる。

ただ、いっしょに帰ろうと言うだけのことなのに。

（春輝はいつも合田さんを誘ってたけど……）

そんな二人をあたりまえのように見てきたから、蒼太も『そういうものなんだ』と思っていた。

けれど、いざ自分があかりを誘おうとすれば、言葉がなかなか出てこない。

（あかりんは僕といても、あんまり緊張してないんだよなぁ……）

　今も心臓の音がうるさいのは蒼太だけだ。

　あかりは瞬きしながら、蒼太がなにか言い出すのを待っている。

　その表情のどこにも緊張の色はない。


「望月君」

　あかりに呼ばれて、蒼太は「は、はい！」と姿勢を正した。

「いっしょに……帰りませんか？」

　グズグズしているあいだに先にあかりに言われてしまい、一瞬、返事をするのが遅れる。

「なにか、用事がありましたか？」

「な、ないです！　全然、ないです！」

　蒼太はプルプルと首を振りながらあわてて答える。

「じゃあ、行きましょう」

　スタスタと教室を出ていくあかりを、蒼太はカバンをつかんで追いかけていった。

（今日こそは、僕から言いたかったのになぁ）

廊下に出てあかりの隣に並ぶと、蒼太は心のなかでこっそりため息をもらした。

「そういえば……あの中身って、なんだったんですか？」

あかりが蒼太を見上げながら、不意にたずねてくる。

蒼太はなんのことなのかすぐにわからなくて、彼女のほうを見た。

「ほら、さっきの……」

「ああ、ＳＤカード」

正面に顔を戻すと、「うーん」と悩むような声をもらした。

「大事なものですか？」


（まいったなぁ……）

「えっと……実は……小説、書いてて……」

うまくごまかすこともできず、蒼太は正直に白状する。

「小説？」

「最初は脚本として書いてたんだけど……ゆっきーに小説の賞があるって教えてもらって、それで書きなおしてて……」

そう声を小さくしながら答えると、あかりがパッと顔を輝かせた。

「望月君、賞に応募するんですか？」

「あっ、いや、応募するって言っても、賞をとろうとか思ってるわけじゃなくて……」

「それでも、すごいです！」

あかりが足を止めて、クルッと蒼太のほうを向く。

「全然すごくないです！　応募するのは誰でもできるんだし」

「そのために毎日、がんばっているんでしょう？」

「……それは……締め切りが近いから……」

「最近、望月君が忙しそうにしてたのは、このためだったんだ……」

あかりは前を向き、納得したようにつぶやく。その声はどこかうれしそうに弾んでいた。

「きっと一次選考も通らないよ……あっ、だから、みんなにはナイショにしておいてもらえると助かります！　全然ダメだったら格好悪いから」

「そうですか？　そんなことないと思いますけど……」

「そう思うのは春輝と同じで、早坂さんがいつもコンクールで大賞とかとってる人だから」

思わずそんな言葉が口からポロッとこぼれる。

蒼太は歩き出そうとしたが、あかりは下を向いて立ち止まったままだった。

「早坂さん？」

呼びかけると、彼女はハッとしたように蒼太を見る。

「ごめんなさい……」

そばにやってきたものの、あかりは考えこむように黙(だま)っていた。

気になって、蒼太はそっと彼女の顔色をうかがう。

（どうしたんだろう？　まずいこと言ったかな？）

あかりの表情はどこか落ちこんでいるようにも見える。

内心、あせっていると——。


「小説……」

つぶやいたあかりは、いつもの明るさを取り戻(もど)していた。

「できたら、読ませてもらえますか？」

「えっ⁉　いや、あれは……」

「約束です」

あかりが小指を差し出してくる。

蒼太はためらってから、彼女の小指に自分の小指をそっとからめた。

（約束……）

「絶対、賞をとる！」

「えっ、えええええーっ、その約束はちょっと！」

そう答えてはみたが、期待のこもる瞳で見つめられると無理とは言えない。

「本当にダメ元で……」

蒼太は言い訳するように、声を小さくした。

「それでもいいんです。望月君ががんばるなら、私もがんばれる気がするから……」

ほがらかに笑っている彼女に、胸がトクンッと鳴った。

（あかりん……）

そうだ。あかりも受験のために懸命にがんばっている。

それなのに、彼女の前で泣き言なんて口にできるはずもない。

決意をこめるように、しっかりと小指を結び合わせる。

「約束する。精一杯やるって……」

蒼太は真剣な表情で、あかりと向き合った。

「約束するから」

口に出すと猛烈にはずかしくなってきて、赤い顔をしながらうつむく。

「はい」

あかりはうれしそうに返事をすると、キュッと小指に力をこめてくる。

その指先に、熱い血液がドクドクと流れこむような気がして、蒼太はあわててはなした。

＊＊＊

その日の夜、蒼太は夕飯も食べずに部屋にこもっていた。

薄暗い部屋のなか、手もとを照らすのはパソコン画面の放つ青白い光だけだ。

キーボードを叩く音が、途切れることなくずっと続いている。

『約束です……』

あかりの声が頭に浮かんできて、文章を打ちこむ手が止まった。

その視線を、蒼太は自分の小指に向ける。

失望させたくない。あかりにがっかりした顔をさせたくない。

結果は二の次だなんて言っていられない。賞をとりたい――。

今まで、こんなに結果を求めたことはなかった。

いつも、ある程度でじゅうぶん。それが分相応なのだと、勝手に自分に見切りをつけていた。

学校のテストでも体育祭でも、誰かと競り合って一位をとりたいとかそんな気持ちになったこともない。

でも、今はどうしても、結果がほしい。

あかりに誓った言葉を裏切りたくない。それがどんなに小さな約束だったとしても。

（じゃないと、言えないよ……）

「あと、少し……やるぞ！」

蒼太はパチンと両手で頬を叩いて気合いを入れなおすと、もう一度パソコンに向かう。

そして、没頭するように書き続けた。

（もう一度、好きですって……）

MILK
nee, sukitte
nandesuka?
DIARY

name3 ～名前3～

ねぇ、好きってなんですか…？

＊✶＋ name 3 ～名前3～ ＋✶＊

放課後、美術室に一人残っていたあかりは、筆を休めてフッと肩の力を抜いた。

キャンバスの絵はあと少しで完成しそうだったが、最終下校時刻が迫っている。

あまり遅くなっては、美術室を貸してくれている松川先生にも迷惑がかかるだろう。

「片づけしちゃおう……」

立ち上がろうとした時、「あーかーりー」、「あかりちゃん」と、夏樹と美桜の声がした。

扉のほうを見れば、帰り支度をした二人がのぞいている。

「二人とも……先に帰ったんじゃなかったの？」

「三人で帰れるのもあと少しだから、美桜と待ってようって。ね、美桜」

夏樹は美術室に入ってくると、電気をパチンと点ける。蛍光灯の明かりが室内に広がった。

「うん、なっちゃんと図書室で勉強してたの」

夏樹と美桜はそばまでやってくると、キャンバスに目をやる。

「すっごく綺麗。さすがあかりだよね！」

そう、感動したように声を上げたのは夏樹だ。

隣で絵をながめていた美桜も、「本当だね」とうなずいてあかりのほうを向く。

「これ、教会の聖母像？」

「うん。この前、デッサンさせてもらったら、描いてみたくなっちゃって」

あかりはそっと指先でキャンバスに触れた。

薄暗い教会のなかにひっそりとたたずむ聖母像の憂いを帯びた表情を、ステンドグラスをすり抜けた明かりが照らしている。

「でも……目で見たものの感動をそのまま表現するって、難しいね」

「ええっ⁉　よく描けてるよ。神聖って感じが伝わってくるし！」

「私もいい絵だと思うよ。ひんやりした空気感とか、静けさとか、そういうものもすごくよく描けてると思う」

夏樹と美桜はそう言ってくれるが、あかりとしてはまだ思うようなものにはなっていない。

表現したいものに、技量がともなっていない。最近、そう感じることが多かった。

「あかりは、自分のハードル上げすぎなんだよ！」

そんな夏樹の言葉に曖昧な笑みを返し、あかりはパレットを手にして立ち上がった。

「それ、私が片づけるよ」

「あっ、でも、なっちゃん。自分で……」

「いいから、いいから。みんなでやるほうが早いしね」

「あかりちゃん、キャンバス、美術準備室に運ぶ？」

「うん……ありがとう。なっちゃん、美桜ちゃん」

明日も授業があるから、イーゼルやキャンバスは置いたままにはしておけない。

あかりは美桜といっしょに、美術準備室に移動させる。

すっかり片づけを終えて校舎を出るころには、最終下校時刻のチャイムが校舎に鳴り響いていた。

＊　＊　＊

学校を後にしたあかりたち三人は、日の暮れた通学路を並んで歩いていた。

「冬休み終わったら、すぐに受験かぁ……あかりも、美桜もがんばるよね」

「なっちゃんは、専門学校に決めたんだよね。面接と推薦書？」

美桜が夏樹を見てきいた。

最後まで進路に悩んでいた夏樹は、デザイン系の専門学校に進むことを決めたようだ。

「一応、小論文もあるみたいだけどねー。っていうか、小論文ってなに⁉　なに書かされるの⁉」

「んー……多分、志望理由とかじゃないかな？」

「早く終わってほしいよねー。最近、ケーキも食べにいってないし……」

「そうだね……このところ、いっしょに行けてないね」


「あかりは、どう？　最近、いっしょに行ってる？」

夏樹にきかれて、物思いにふけっていたあかりは「え？」と顔を上げた。

横断歩道の手前で、三人の足が止まる。

「もちたと！」

「あっ……うん。この前、少しだけ……でも、最近は望月君も忙しいみたいだから」

「もちたが？　なにしてるんだろう？」

「卒業制作の映画のことじゃないかな？　まだ完成してないみたいだし」

美桜が夏樹のほうを見て言った。

「んー……でも、もちたこのところ、部室に顔を出してないって優が言ってたよ？」

夏樹が首をひねりながら言うので、あかりはあわてて「家の用事みたい」とごまかした。

蒼太は小説を書いていることを、あまり知られたくないようだった。

信号が変わるのを待って横断歩道を渡る(わた)と、街灯の照らす歩道を歩いていく。

しばらく黙(だま)っていると、夏樹が「あかりってさ……」とためらいがちに口を開いた。

「まだ、もちたに告白の返事……してないんだよね？」

「……うん」

あかりは迷ってから、コクンとうなずく。

「そっか……じゃあ、もちた……まだ、待ってるんだ。がんばるよね……」

夏樹は頭の後ろで手を組みながら、空に目をやっていた。

その何気ない言葉に、あかりはドキッとする。

「あかりちゃん、もう……決めてるの？　返事」

隣に並んで歩く美桜も、気になるのかそうきいてきた。

「そう！　そこは私も知りたい。あかりはさ。もちたのこと、どう思っているの！」

二人がジッと見つめてくるから、あかりは困惑して視線を落とす。

蒼太のことをどう思っているのか、一番知りたいと思っているのはあかり自身だ。

「望月君は……優しい、と思う」

長く考えこんでいたのに、口にできたのはそんなありきたりな言葉だけだった——。

蒼太は優しい。いつも人のことを気にかけているし、電車で席を譲っているところもよく見かける。

困っている下級生に頼まれて手伝いをしたり、校舎を案内しているところも見かけた。

頼まれると、放っておけないし、いやとは言えない性格なのだろう。

ケーキショップでケーキを選ぶ時、いつも真剣な顔をして迷っている。

後ろに行列ができている時はあせって、悩んでいたものとは全く違うケーキを注文してしまうこともあるようだ。

コーヒーはミルクたっぷりが好き。

好きな映画は恋愛映画。コメディも好きだけど、ホラーは苦手。

たまに、独り言がもれたりしているけれど自覚なし。

あかりのことも『あかりん』と呼んだりしているが、本人は気づいていないようだった。

そんな時、あかりはついクスッと笑いそうになる。

蒼太にそう呼ばれることが、いやではなかった。


時々、いっしょに帰るようになって、少しはわかるようになっただろうか。

けれど、それもまた、彼のほんの一部分なのだろう。

もっと、色々なことを知りたいとも思う。

蒼太といるのは楽しいし、なによりも安心感を覚える。

あかりはぼんやりしてしまう癖(くせ)があるが、そんな時でもいつも静かに待っていてくれる。

居心地(いごこち)のよさを感じるのは、蒼太があかりのペースに合わせてくれているからだろう。


ああ、いいな。この人――。

そんな風に思うし、好きだなと思う。

付き合えばきっと楽しいだろうと想像することだってある。


(でも、これって、恋(こい)なのかな……)

今年の夏、映画研究部の映画で使う絵を、春輝たちに頼まれて描(か)いた。

あの時、ほんの少しだけ『恋』という感情がわかったような気がした。

キラキラと輝いていて美しくて、でも少しだけ切なくて。

見つめていると胸の奥が温かくなる、それが恋だと――。

その気持ちを、あかりはずっと自分のなかにさがしている。


「あかり？」

夏樹の声で、心のなかをさまよっていた意識が引き戻される。

気づけば、二人が心配そうに見つめていた。

「あかりちゃん、そんなに考えこまなくてもいいんじゃないかな？　きっとそのうち、自然とわかるようになるよ」

そう、優しく言ってくれる美桜に、「うん」と笑みを返した。

美桜の瞳のなかには恋の色がある。春輝もそれは同じだ。

おたがいを見つめる時、どんな時よりも優しい表情になる。夏樹や優でもそうだろう。

恋に憧れる気持ちなら、あかりにもある。

「美桜は甘い！　甘いよ！」

腕を組みながら、夏樹がじれったそうに声を上げた。

「あかりともちたは急かすくらいじゃないと、ぜんっぜん進展しないって。ほっとくと、それこそおじいさんとおばあさんになるまで今のままだよ。のんびり、庭先でお茶しながらまったりしてるような二人になるって！」

「それも、あかりちゃんと望月君らしいかも」

そう言いながら、美桜がクスッとする。

「あーもう。甘いもの食べたくなったじゃん。あんまん食べたーい!!」

夏樹が夜空に向かって叫ぶように言うから、あかりは美桜といっしょになって笑った。

いつか誰かと、本当の恋がしたい。
その相手が――。

（また、望月君とケーキ食べにいきたいな……）

そんなことをぼんやりと思いながら、あかりは星の瞬いている空を見上げた。

＊

十二月も二週目に入った日のことだ。
その日の一限目は古典の授業で、教室にやってきた明智先生が教壇で点呼をとる。
そのうちに蒼太の名前が呼ばれたが、返事はなかった。
「望月ー望月蒼太ー……もちたー」
生徒たちのあいだに忍び笑いが広がる。
明智先生は顔を上げ、教室を見渡した。
「なんだ、本当に休みか……」
そうつぶやくと、出席簿にチェックを入れて次の生徒の名前を呼ぶ。
（どうしたんだろう……望月君……）
あかりは、蒼太の席に目をやった。
朝のホームルームの時間からずっと、そこは空席のままだった。

昼休み、あかりは美桜や夏樹といっしょに美術室に移動する。

以前は屋上で食べていたが、外はすっかり冷えこんできたため、このところは美術室で休み時間をすごすことが多かった。

「あの……なっちゃん。望月君、どうしたのかな？」

廊下を歩きながら、あかりはどうしても気になって夏樹にたずねてみた。

優や春輝からなにか聞いているかもしれないと思ったのだ。

「ああ……もちたなら、昨日から風邪ひいて寝こんでるって」

「え？　風邪？」

「熱出て動けないでいるみたいなんだよねー。もちたの家、家族がスキー旅行で留守にしているみたいだし」

夏樹が足を止めたので、あかりと美桜もつられて廊下の端で立ち止まる。

「じゃあ、今、誰が看病してるの？」

美桜がきくと、夏樹は「さー？」と首をひねった。

「病気の時に一人きりって、寂しいし、悲しいし、つらくなっちゃうんだよねー」

「そうだね……誰か看病しにいってあげられるといいんだけど。瀬戸口君か、春輝君に頼めないのかな？　学校が終わってからでも」

美桜も心配そうな顔になっている。

「優も予備校の模試があるし、春輝も明智先生に用があるみたい。私も……えーと、ほら……美桜と用事があるし！」

なぜか不自然に視線を泳がせていた夏樹が、急に「ねっ！」と美桜を見た。

「えっ、わ、私⁉」

「あるじゃん。ほら、大事な用事が！　参考書を買いにいくとか、絵の具を買いにいくとか」

夏樹に目配せされ、美桜は「あっ」と小さな声をもらす。

「そういえば……買いにいかなきゃいけなかったかも……？」

「そうそう！　そういうわけでさー。私たちは残念ながら、もちたの看病にいけそうにないんだよね。あかりは、どう？　用事とかある⁉」

夏樹がグイッと顔をよせてきたので、あかりはとまどって少しばかり身を引いた。

「えっと……」

（今日は聖奈も撮影のお仕事があるって言ってたし……）

予備校もなかったはずだ。

「特にはなかったと思う……」

そう答えると、夏樹が「よしっ！」とガッツポーズを作る。

「よし？」

「な、なんでもない、なんでもない。こっちのこと！」

あわててこぶしを隠すと、夏樹はごまかすように笑っていた。

「じゃあ、そういうことで……私たちみんなでお金出すから、様子見をかねて、もちたのお見舞いにいってほしいんだ！」

ニコニコしている夏樹の隣で、「もー……なっちゃんたら」と美桜が苦笑する。

「……私でいいの？」

「いいに決まってるよ！　あかりの顔を見たら、もちたの風邪なんて一発で治るって。それにさ。あかりも心配でしょ？　授業中もずーっともちたの席、気にしてたし」

夏樹の言葉に、あかりはドキッとした。

（そうだったかな……）

言われてみれば、時々、蒼太の席に目をやっていた気がする。

いつも見ていた後ろ姿がそこにないのが、落ち着かなくて――。

「私も望月君はそのほうが喜ぶと思うな。あかりちゃん、お願いできる？」

美桜にきかれて、あかりは少し考える。

「でも、私、望月君の家がわからなくて……」

「それは大丈夫（だいじょうぶ）！　教えるから！」

夏樹が得意満面に、親指をグイッと立てた。

蒼太とは幼なじみで家もそう遠くはないから、よく知っているのだろう。

「じゃあ……帰りによってみるね」

「そうこなくっちゃ。あとは頼（たの）んだからね、あかり！」

夏樹が両手で背中を押してくるので、あかりは「はい」と笑って答えた。

＊

放課後、あかりが蒼太の家に向かうと、ちょうど彼の姉が戻（もど）っていた。

お見舞いにきたことを伝えると、『蒼太なら部屋にいるから上がって』と言われ、玄関（げんかん）で靴（くつ）

を脱ぐ。
蒼太の部屋は二階のようだった。
階段を上がって部屋に入ると、カーテンが閉ざされていて薄暗い。
そのなかで、蒼太はベッドに横になり、布団にくるまっていた。
遠慮がちになかに入ったあかりは、ドアを閉めてからベッドへと向かう。
そのそばにバッグを下ろして、ペタンと座った。
時々せきこむのが、布団のなかから聞こえてくる。
声をかけようかと迷っていると、蒼太が薄らと目を開いた。
力のないトロンとした瞳が、あかりを見つめてくる。
その唇が、「あかりん……」と小さく動いたけれど、声にはなっていなかった。
伸ばされた手を取ると、ひどく熱い――。

(どうしよう。冷まさないと……)
薬は家にあるだろうか。
蒼太の姉はまだリビングにいたようだから、きけばわかるだろう。
立ち上がろうとした時、「ごめん……」と蒼太がかすれた声でもらす。

「ごめん、あかりん……約束したのに……」

苦しそうな息づかいのまま、うわごとのようにそう言っていた。

「……望月君？」

とまどいながら呼びかけてみたけれど、蒼太はつらいのか、すぐにまぶたを閉じてしまう。

（もしかして……望月君、ムリしたんじゃないのかな？）

『約束です』

小指を結んだ時のことを思い返し、あかりはそっと蒼太の手を握り返した。

（私こそ……ごめんね……）

蒼太は薬を飲むと、熱も少しだけ下がったのか呼吸も落ち着いてきたようだった。

心配ではあったけれど、あまり長くいては帰るのが遅くなってしまう。

あかりはカバンを手に立ち上がった。

部屋を出ていこうとした時、ふと立ち止まったのは、机の前のコルクボードにはられた絵に気づいたからだ。

（あ、この絵……）

デッサンのモデルを頼んだ時に驚かせようと思って描いた、びっくり箱から飛び出す蒼太の人形の絵だ。

「……大事にしてもらってるんだ」

ほんの落書きのつもりだったのに。飾っていてくれているのだと思うとうれしかった。

「よかったね……」

クスッと笑って、蒼太の絵に指で触れた。

それから、机の上に目をやると、大きめサイズの封筒が置かれている。

宛先は出版社になっていた。

「これって……」

あかりはベッドで眠っている蒼太のほうを振り返る。

（望月君が投稿しようとしていた原稿……？）

もしかすると、風邪のせいでこの原稿を出しにいけなかったのかもしれない。

あかりは心配になって、携帯を取り出した。

出版社のサイトを開いて、蒼太が投稿しようとしていた賞の募集要項を確かめる。

締め切りは――。

「今日……？」

ということは、間に合わなかったのだろうか。

そのせいで、蒼太は『ごめん』と謝ったのだろうか。

もう一度、サイトを見ると締め切り日の横に『当日消印有効』と書かれていた。

時計を見れば、四時四五分だ。

（急げば、まだ間に合うかも……）

あかりは携帯をしまうと、原稿とカバンを手に、蒼太のほうを見る。

勝手なことをしようとしているのかもしれない。けれど、この原稿のために、蒼太が毎日遅くまでがんばっていたことは知っている。

だから、それを無駄にはしたくなかった――。

「望月君。この原稿、預かるね」

眠っている蒼太に向かってつぶやくように言い、あかりは急ぎ足で部屋を後にした。

蒼太の家を出ると、空は薄暗く、小雨が降り出している。

一番近い郵便局は五時でしまってしまうだろう。

（急がないと……）

あかりは傘を広げると、原稿を濡らさないようにしっかりと胸に抱きながら駆け出した。

aimainakokuhaku, imamokotaesagashite—

name4 ～名前4～

あいまいな告白、
今も答え探して――

『ごめん、あかりん……約束したのに……』

「蒼太ー、あんたまだ寝てんの？　夜ご飯、適当にコンビニで買ってきたけど食べる？」

遠慮のないノックの音と姉の声で目を覚ました蒼太は、ノソッと身を起こした。

頭痛と喉の痛みは残るものの、熱が下がったせいか気だるさは体から消えていた。

（あれ……今、何時だろう……）

どれくらい寝ていたのか、薄暗い部屋に廊下の明かりが伸びていた。

ドアのそばにいるのは、蒼太の姉だ。

「姉ちゃん、スキーは……？」

てっきり姉も、母親や妹といっしょにスキーに行ったものだと思っていた。

「行く気満々だったのに途中で予定が入っちゃってさー。あ、そうだ。冷蔵庫にあんたの彼女が持ってきてくれたプリンがあったから、もらったよー？」

そう言いながら、姉はプラスチックスプーンをプラプラと振ってみせる。手にしているのは、プリンの容器だ。

「カノ……ジョ？」

「なんだ、違うの？」

「誰か来たの？」

「ちょーど帰ってきたら、あんたの学校の子がチャイム鳴らしてたから、家に上がってもらったけど。寝てて覚えてないんだ。残念だったねー。かわいい子だったのに」

姉は笑いながら、パタンとドアを閉める。

部屋から明かりが締め出され、沈黙が戻ってきた。

(誰のことだろ？)

見舞いに来てくれるような女子なんて心当たりがない。

家を知っているのは夏樹くらいだが、それなら姉も顔を知っている。それに、夏樹なら優や春輝もいっしょだっただろう。

(まあ、いいか……今度学校に行った時、きいてみれば……)

そう思いながら、モゾモゾと布団にもぐりこむ。
もう一寝入りしようと目をつむった時――。

『……望月君？』

不意に思い出した声に、蒼太は布団をはねのけてガバッと身を起こした。
「え……？　あれ？」
混乱した声が、思わず口から出ていた。
ズキズキするこめかみのあたりに、手を運ぶ。
『望月君、ちょっとだけ起きてください。薬、飲まないと……』
ぼんやりと頭に浮かんできたのは、グラスと薬を差し出してくるあかりの姿だ。
『これ、お見舞いのプリンなんです……食べられますか？』
そう言いながら、彼女はカップを蒼太に見せてくれる。
（あ、あれ……？　全部……夢、なんだよね？）

『夢でもあかりんに看病してもらえるなんて、幸せすぎる！』

なんて、心のなかで浮かれていたような気がする。

よってくる彼女の顔が近くて、慣れない手つきでプリンを食べさせようとしてくる様子がかわいくて、ポーッとしたまま見つめていた。


「もしかして……夢、じゃなかった？　あれ……本物のあかりんだった⁉」

蒼太は自分の口を片手で押さえる。

急に心臓がバクバクしてきて、下がったはずの熱が一気に戻ってきたようだった。

「いやいやいや、そんなはずないって！」

あかりが看病しにきてくれるなんて、そんな幸運なことが起こるはずがない。


（でも……）

恐(おそ)る恐る、額にはられた熱冷ましのシートに手をやる。

机に目をやれば、グラスとプリンのカップが置かれたおぼんがそこに残されていた。

（あのプリンって、あかりんがよく行く店のプリン……だよね？）

ショーケースに並んでいるのを何度も目にしているからまちがえるはずがない。

ハート型のカップを見て、あかりが『かわいい』とつぶやいていたのを思い出す。

（あれが、全部本当なら……）

蒼太はつかんだ枕で、真っ赤になっている顔を押さえる。

「なんで、ちゃんと全部覚えてないんだよ、僕はーっ！」

身もだえするように叫ぶと、そのままゴロンと転がってベッドから落ちる。

音が床に響き、「うーっ！」と声がもれた。

かなり痛い。痛いが、それよりもはずかしさのほうが上まわった。

「こんな……こんな爆発したみたいな髪になってんのに、ヨレヨレのトレーナーとか着てるのに……あかりんに見られるなんて」

蒼太は毛布をかぶると、そのままモゾモゾと丸まる。

「消えたい……っ！」

（部屋だって片づけてないし……って、変なもの置いてなかったよね!? あかりんの写真とか……）

もう一度起き上がると、蒼太はキョロキョロと部屋のなかを見まわした。

「よ、よかった……」

うっかりあかりの写真を壁にはったりはしていなかったようだ。

ホッとしてから、「って、全然よくないし！」と頭を振る。

「あかりんの前で変なこと、口走ったりしたかも！」

頭を抱えて思い返そうとしたけれど、浮かんでくるのは断片的な記憶ばかりだ。

それから、パッと顔を上げる。

「プリン……っ!!　姉ちゃんに全部食われる!!」

あかりが持ってきてくれたプリンだ。なんとしても、死守しなければ。

ワタワタしながら立ち上がると、ドアに向かおうとした。

その足が、机の前で止まる。

「あっ……そうだ……原稿!!」

急に思い出して目覚まし時計に目をやれば、八時をもうとっくにすぎている。

(間に合わなかったんだ……)

肩を落とし、蒼太はパソコンの置かれた机の上に目をやった。その時になって、用意していたはずの封筒がないことに気づいて、「あれ!?」とまわりを見る。

机の下やゴミ箱も確かめてみたが、どこにもない。

「えっ……な、なんで⁉」

印刷して、発送準備も整えていたはずだ。

けれど、熱のせいで半分ボーッとしたまま作業をしていたから確信が持てなかった。

「もしかして、夢のなかでやった気になっていた……とか？」

（ありえる……ものすごく、ありえる！）

机に両手をつくと、蒼太はうなだれた。


（どのみち、間に合わなかったんだ……）

あれが夢でも現実でも、原稿を出しにいけなかったことには変わりない。

いつもそうだ――。

間が悪くて、肝心な時にしくじってばかりいる。

蒼太は力が抜けたように、その場にペタンと座りこんだ。


『約束です』

そう言って笑っていたあかりの顔が浮かんできて、蒼太は額を手で押さえる。

「ごめん……あかりん……」

ようやく体調が戻り、蒼太が登校したのは週が明けてからだった。

にぎやかな声を上げる生徒たちとすれ違(ちが)いながら、重い足取りで教室に向かう。

(あかりんになんて言えば……)

ぼんやりして歩いていると、いつの間にか教室の前に辿(たど)り着いていた。

扉(とびら)が開いていて、生徒たちがそれぞれの席に座り談笑(だんしょう)しているのが見えた。

そのなかにはあかりの姿もある。夏樹といっしょに、楽しそうに話をしていた。

(あかりん……)

立ち止まったまま、蒼太はそんなあかりの姿をしばらく見つめていた。

なかなか足を踏(ふ)み出せない。

「おーっ、もちた！　風邪、治ったのか？」

優の席に集まっていた春輝が、気づいて片手をあげた。その声で、夏樹とあかりも振り返る。

とっさにカバンで顔を隠した蒼太は、身をひるがえして急ぎ足で廊下を引き返していた。

（ダメだ……言えない！）

あかりに合わせる顔がない。


一目散に階段をおりていると、「望月君！」とあかりに呼び止められる。

ギクッとして足を止めた蒼太は、ためらいがちに階段の上を見た。

心配して、教室から追いかけてきてくれたのだろう。あかりが小走りにおりてくる。

（そうだよ……逃げてどうするんだ……）

覚悟を決めると、蒼太は彼女がやってくるのをその場で待っていた。


「望月君、あの……」

「早坂さん、あの……」

ほとんど同時に口を開くと、おたがいに向き合ったままガバッと頭を下げる。

「「ごめんなさい!!」」

声がそろって、「「え？」」と二人は顔を上げた。

「なんで早坂さんが……⁇」

「あの、実は……望月君の部屋にあった原稿……勝手に出しちゃって……」

あかりは両手をギュッと握り合わせたまま、不安そうな声でそう言った。

「……じゃあ……原稿がなかったのって？」

「出さないと締め切りに間に合わないと思って、それで……」

あかりは「ごめんなさい！」と、もう一度深く頭を下げる。

蒼太は急に緊張が解けて、ヘナヘナとその場にしゃがみこんだ。

（なんだ、そうだったんだ。あかりんが……）

「望月君……？　ごめんね」

あかりもいっしょになってしゃがむと、蒼太の顔をのぞきこんでくる。

「ううん。助かったよ。早坂さんが出してくれてなかったら、絶対に間に合わなかった。ホント……ありがとう」

あかりは「よかった……」と、胸をなで下ろしていた。

　視線が交わり、急に心臓の音が速くなる。そんな自分にあせって、蒼太はパッと腰（こし）を上げた。

（そうだ、お見舞（みま）いのこと……）


「家に来てくれたみたいで……それに、プリンも……ありがとう！」

「あ、それはみんなの代わりで……なっちゃんたちみんな、大事な用事があったみたいだから、私だけしか行けなくて……」

　あかりも立ち上がると、「ごめんなさい」と申し訳なさそうに視線を下げる。

「そ、そんなことない。早坂さんが来てくれただけでじゅうぶんだよ！」

（むしろ、あかりんだけのほうがうれしいって……言いたいけど、言えない！）


「あ、の……えっと、つまり……うれしかった……です……」

　蒼太が声を小さくして伝えると、あかりの口もとにようやく笑（え）みがこぼれた。

「もう、風邪は大丈夫（だいじょうぶ）？」

「うん……大丈夫……あっ、早坂さんにうつしてないよね!?」

「私は元気です」

「それなら……よかった」

あかりは軽い足取りで階段を上がっていく。

その途中、階段の踊り場までくると、彼女は足を止めて蒼太のほうを振り返った。

「小説……いい結果、出ると思います」

「……え？」

「望月君の小説だから……きっと、大丈夫」

そう言って笑みを残し、あかりはトントンと階段を上がっていく。

二階の廊下で友人の成海聖奈の姿を見つけると、「おはよう！」と明るく挨拶して駆けよっていった。

「そうだといいな……」

蒼太は笑みをこぼし、ゆっくりとした足取りで階段を上がっていく。

そのうちに、朝のホームルームのチャイムが鳴り始めた。

アラームが鳴る前に目が覚めた蒼太が、いつもより一五分ほど早く家を出たのは翌々日のことだ。

駅に向かいちょうど到着した電車に乗ると、まだそれほど混み合ってはいない。

空いている席をさがして移動しようとした時、袖を引かれて振り返る。

「おはようございます、望月君」

席に座っていたあかりが、蒼太を見上げてニッコリしていた。

(あ、あかりんっ!)

蒼太は、「おはよう、早坂さん!」と挨拶を返す。

あわててしまい、思わず舌をかみそうになった。あかりが乗り合わせているとは思わなかったのだ。

「いつも……この電車?」

「最近、ちょっと早く学校に行ってて……」

「そうだったんだ」

(そういえば、いつもの電車であかりんの姿、見なかったな)

ぼんやり立っていると、「隣、座りませんか?」とあかりが横にずれてくれる。

「い、いや、僕はべつに……!!」

「どうぞ」

そう言われて、蒼太は迷ってから遠慮がちに腰を下ろした。

（もしかして、今日って、ものすごくラッキーな日なんじゃ……）

緊張をごまかすように、蒼太はカバンを抱きかかえる腕にギュッと力をこめる。

「えっと……成海さんはいっしょじゃないんだね」

「聖奈はいつもの時間の電車に乗ってくるんじゃないかな」

「ああ、そっか……そうだね……」

（なに、あたりまえのことばっかりきいてるんだよ……）

こんな時に気の利いた話題をふれない自分がもどかしかった。

（朝のニュースでやってた動物園のラッコの話……とか？　って、そんな話してもしかたないじゃないか。う～～、全然、思いつかない）

頭を悩ませているあいだに、一駅通りすぎてしまう。

蒼太は「うーん」と、声をもらしていた。

「クリスマスまでに、雪、降るのかな……」

そんなつぶやきが耳に入って振り向くと、あかりは窓ガラスの外をながめている。

つられたように、蒼太も窓のほうに視線をやった。

(クリスマス……そっか、もう少しなんだ……)

クリスマス・イブまで、あと一週間ほどだ。それをすぎれば二学期も終わる。

「早坂さんは……」

言いかけたものの、後に続く言葉を蒼太はゴクンッとのみこんだ。

今年が彼女とクリスマスをすごせる最後のチャンスかもしれない。

来年も、あかりといっしょにいられる保証はどこにもない。

だから——。


今日はいつもよりも、早く目が覚めた。

朝のニュースの後でやっている星占(ほしうらな)いは確かめていないけれど、今までになく幸運な気がする。

(やっぱり、誘(さそ)うなら今しか……っ!)

蒼太は深呼吸してから、「あ、あの!」と口を開いた。

「早坂さん……クリスマス……っ!」

不意に重みを感じて隣を見れば、あかりが肩によりかかっている。

（え、えええ――――っ!?）

心臓がびっくりしたようにはねて、そのままドクンドクンと急速に鳴り始めた。

あかりはもたれかかったまま、静かに目を閉じている。

（あかりん……もしかして、寝てる？）

顔が近くて、かすかな呼吸まで伝わってくる。

首筋に触れた彼女の髪がほんの少しくすぐったくて、蒼太はあわてて顔を正面に戻した。

（気にしないように……なんて、できないっ!!）

どうしても意識が肩のほうにいってしまう。

電車が揺れても目を覚まさないところをみると、本気で眠っているのだろう。

（……疲れてたのかな）

朝、いつもより早く登校するのも、デッサンの勉強の時間を作るためだろう。

家に帰ってからも、遅くまで筆記試験の勉強をしているようだ。

がんばっているあかりに、『クリスマスの予定は？』なんて浮かれてきけるわけがない。

ため息をもらして、向かいの窓に目をやる。

そこに薄(うっす)らと映るあかりの寝顔を、蒼太はしばらくのあいだ見つめていた――。

紅く染まった教室に

ねぇ、どうしたの？

akakusomattakyoushitsuni
nee,doushitano?
totsuzenyobaretawatashino—

突然呼ばれた私の――

✦✶✦ name 5 ～名前5～ ✦✶✦

思うような絵が描けなくなったのは、いつからだろう。

あかりは放課後の美術室で、一人石膏像を前にデッサンを続けていた。

どれくらい経ってからか、集中力が途切れて窓の外に目をやると、いつの間にか日が落ちている。

部活動をしていた生徒たちも、片づけを始めているようだ。

そんな姿を、美術室の椅子に腰かけたままながめていた。

高校に入ってから、何枚も、何枚も描いてきた。

部活でも、家でも、それこそ時間さえあれば絵に向かっていた。描きたいものはいくらでもわいてきて、追いつかないほどで、楽しくて、心が浮き立って、夢中で描いていた。

そうしているうちに、コンクールでも高評価をもらえるようになって、まわりからも注目され、賞の常連と言われるようになった。

そのことが、最初のうちはうれしかったのに。

あれは、二年のころ。夏休みに入る前のことだ——。

『また、あの子』

『早坂さんは特別だから』

『どうせ、今回も大賞はあの人でしょう？』

展覧会の会場に足を運んだ時、そんな陰口が耳に届いた。

気にしなければいいだけなのに、小さな棘を含んだその言葉が胸に突き刺さり、会場を出ると、不意に涙がにじんできた。

ただ、好きで一生懸命、絵を描いていただけ。それだけだったはずなのに。

描けば描くほど、どんどんその気持ちから離れていく。

気づいた時には、自分がなにを描きたかったのか、わからなくなっていた。

それなのに、立ち止まることはできなくて、描くのをやめることもできない。

時間に追い立てられるように描くしかなかった。

あかりは、そんな自分の描く絵が好きになれなかった。

描きたいものではない。心が動かない。

それなのに、意思に反して評価ばかりが上がっていく。

誰もがあかりの絵を見て『素晴らしい』、『いい絵だ』と褒めてくれる。

少しもいい絵だと、素晴らしい絵だと、自分自身が思えないのに。

あかりには人の言う、『いい絵』がわからなくなった。

人は自分の絵のなにを見て、『いい絵』だと言うのだろう。

そんな疑問ばかりが浮かんできて、道に迷ってしまったように、自分の目指すべきものがわからなくなっていた。

高校を卒業したら、もうやめよう――。

そんな思いが、胸のうちで大きくなっていった。


春輝たちから映画に使う絵を描いてほしいと依頼された時、本当は最後の絵にしようと、心のどこかで決めていた。

だから、評価のためではなく、自分の心が求めるままに描きたかった。

ただ好きで、楽しくて、夢中になって描いていたころのように。

悩んで、迷って、自分の絵と心と向き合って、何度も納得がいくまで描きなおした。

ようやく完成した絵を見せにいった時、蒼太はしばらくなにも言わず絵を見つめていた。

『そっか。これをさがしていたんだね。早坂さんは』

ポツリともらした蒼太は、ほんの少し涙ぐみながらほほえんだ。

『見つかったんだ』

そう言って――。


ああ、この人にはわかっていたんだ。

わかっていて、待っていてくれた。

そう思ったら、あかりは胸が一杯になった。

もう一度、絵と向き合ってみたい。そう思えたのは、蒼太の言葉があったからだ。

そうでなければ、絵を完成させた時に描くのをやめていただろう。

美大に進学することを決めたのは、それから少し後のことだ。

以前のように自分の絵を好きになりたい。

そのために、コンクールや展覧会の評価なんて全部忘れて、一から基礎を学びたかった。

なのに、いざ始めてみれば、自分のできていないことばかりが目についてしまう。

時間がないのに。受験までにやらなければならないことは山積みになっているのに。

あせりばかりがつのっていった。


前に向かって歩いていかなければいけないのに。気づけば、何度も、何度も後ろを振り返って、『本当に、これでいいの？』と迷ってばかりいる。

まわりが思うほど、あかりは自分の才能も技術も信じられてはいなかった。

それはひどく曖昧なものだ。

信じられるのは、いつか感じた『絵が好き』という気持ちだけ。

それすら、道しるべにするにはあまりにも頼りなかった。

いつもは見ないように、気づかないように、忘れている不安感が、一人きりになると不意に襲ってくる。こわくなる。

本当に自分はちゃんとやっていけるのだろうかと。

先行きなんて全然、見通せない。美大を出たとしても、その先なにになるのか、あかり自身まだ明確には見つけられていなかった。


本当は、誰かにそんな不安を吐き出してしまいたい。

そうしないと、心のなか一杯にたまってあふれてしまいそうになる。

蒼太に打ち明ければ、気持ちも楽になるかもしれない。

（でも……できないよ）

蒼太が小説を書いているのだと教えてくれた時、あかりは驚いた。

自分の夢を見つけて、歩き出そうとしているのだと。

そんな蒼太の前で、情けなく弱音を吐くわけにはいかない。


「がんばらなきゃ……」

あかりは一人つぶやいて、クロッキー帳に向かってデッサンの続きをする。

下校時刻がすぎて生徒たちの声が消えたころ、松川先生が顔を出した。

「早坂さん、そろそろ美術室、閉めるわよ？」

そう言われて時計を見れば、最終下校時刻をまわっている。

「すみません、すぐに帰ります」

あかりは立ち上がると、クロッキー帳や絵コンテを片づけ始めた。

「じゃあ、戸締まりお願いね」

松川先生は机に鍵を残して出ていく。

あかりはカバンにクロッキー帳をしまってから、フッと疲れたような息をもらした。

「甘いもの……食べにいきたいなぁ……」

蒼太を誘って、カフェの窓際の席に座り、ケーキとコーヒーを味わいながら他愛ない話をする。

蒼太とすごす時間は優しい。優しくて、温かい。

その時間があかりにとって、いつしか大切なものになっていた。

＊

次の日、昼休みの校内放送が流れる廊下を、あかりは美桜や夏樹といっしょに歩いていた。

「クリスマスのメインディッシュと言えば……やっぱり七面鳥？　丸焼き？」

「なっちゃん、七面鳥はなかなか売ってないよ。普通にチキンでいいんじゃないかな。それに丸焼きは難しいし……」

前を歩く夏樹と美桜のそんな会話が聞こえてくる。

けれど、あかりは会話には加わらず、考え事をしていた。

「あれ、春輝」

そう言いながら夏樹が足を止めたのは、階段の手前まできた時だ。

ふと踊り場を見ると、生徒たちが集まって話を弾ませている。

その中心にいるのは、春輝と翠だ。


「春輝が監督になったら、友情出演してやってもええで。友情価格で！」

「ヘボ役者はお断り。だいたい、翠は俳優志望じゃないだろ」

「ええやん。目指せ、レッドカーペット。俺は主演男優賞と、作曲賞の両方狙う！　あ、春輝もつきそいで呼んだるからな」

「なんで、俺がつきそいになってんだよ！」

春輝は翠といっしょになって笑っている。

映画のコンペで大賞をとってから、すっかり注目の的だ。

（芹沢君は……こわくないのかな……）

翠と肩を組んでふざけあっている春輝は、いつもと変わらない。

コンペで賞をとる前も、後も。

いつも堂々としていて、自信にあふれていて、迷いなんて少しもなさそうに見える。

どうしたら、そんな風にいられるんだろう――。

そんな思いがあかりの胸をよぎる。


「春輝、絶対調子にのってるよ！　留学が……」

そう言いかけた夏樹が、ハッとして口をつぐんだ。

しまったと思っているのが、その顔に出ている。

「あ、ええええっと!!」

「うん……春輝君、楽しそうだね」

美桜は穏やかな表情のまま答えると、弁当の包みを手に階段をおりていく。

翠や他の生徒たちと雑談していた春輝が、ふと美桜を見た。

その唇がわずかに開いたけれど、思いとどまるようにすぐに閉じてしまう。

美桜もなにも言わず、そのまま春輝の前を通りすぎてしまった。

「美桜、待ってよ！」

夏樹がその後を、パタパタと追いかけていく。


「あれ、春輝。合田さんに声、かけんでええの？」

二人の姿を目で追いながら、わざとらしくきいたのは翠だ。

「……っせーよ」

春輝は顔をしかめると、ポケットに手を押しこんで階段を上がってきた。

「……早坂、行かねーの？　美桜となつき、もう行ったけど」

春輝に声をかけられて、あかりはハッとした。

「あ、うん……そうだね」

美桜と夏樹の姿はもう見えない。


急いで階段をおりると、廊下の途中（とちゅう）で二人が待ってくれていた。

「聞いてよ。今日のお弁当、お母さんが寝坊（ねぼう）して、おにぎりだけなんだよ！」

「じゃあ、なっちゃんにハンバーグわけてあげるね」

「美桜、優しいっ‼　大好き‼」

そんな夏樹と美桜のいつもの会話につられて、あかりも笑う。


（私は……こんなにも………）

放課後、いつものように美術室に足を運んだあかりは、石膏像を借りてデッサンをする。
テスト期間に入っているから、美術部の後輩たちは部活には出てきていない。
昼から降り出した雨はまだ続いていて、雨脚が弱まる気配はなかった。
風に流された雫が、窓ガラスを叩いている。

クロッキー帳に鉛筆を走らせていると、カラッと扉が開いて、誰かが入ってきた。

その音に気づいて顔を上げると、やってくるのは春輝だった。

「芹沢君……美桜ちゃんなら、いないよ？」

「ああ、いや……早坂に用があって」

(私……?)

春輝が美桜ではなく、あかりに用事があるなんてめずらしい。

「これ、映画研究部で借りてた絵。もちたに返しとけって言ったのに、あいつ忘れてるから」

春輝は布にくるまれているキャンバスを、作業台に置く。

「早坂の絵、いい感じに撮(と)れたと思う。映画、完成したら上映会するから。って言っても、まだ完成してはいないんだけどな」

そう言いながら春輝は、ぎこちない笑いかたをした。


あかりは席を立つと、包んであった布を外して確かめる。

桜を見つめている男子生徒の姿が描かれた教室の風景の絵だ。

それは、彼に恋(こい)した女子生徒が見つめる世界――。

春輝たちに頼(たの)まれて描いた『恋』の絵だ。


「やっぱ……早坂ってすげーよな……」

隣(となり)でキャンバスをながめていた春輝が、何気ない口調でもらした。

あかりがその横顔を見ると、春輝もこちらを向く。

「早坂って、美大受けるんだよな？」

「うん……」


（芹沢君は……）


「そっか。でも、ま……早坂なら大丈夫か。これだけ描けるんだもんな」

そんな春輝の言葉がなぜかこたえ、あかりの口もとから笑みが消える。

「……大丈夫なんかじゃない……」

気づくと、ほんのかすかな声でそうもらしていた。

「え……？」

「全然……大丈夫なんかじゃ……ないの……」

「早坂……？」

今まで、誰にも言えなかったのに。

心に閉じこめていた不安が、ポロポロとこぼれだして止まらなくなる。

「芹沢君は……夢を追うことが……こわくない？」

思わずそうきくと、困惑した表情で春輝は押し黙っていた。

「……早坂は、どうなんだ？」

そうきかれたのは、少し経ってからだ。春輝の瞳が静かに見つめてくる。

あかりはすぐには答えられなくて、自分の手を握り合わせながら目を伏せた。

（私は……）

「……こわいよ……進まないといけないのに……立ち止まれないのに……こわくて、こわくて仕方ないの……」

堪えようと思うのにできなくて、気づいた時には涙が一滴こぼれて頬を伝っていた。

「それは、俺だって……」

そう、春輝が小さくもらした時だ——。

不意に開いた扉の音で、二人はパッと振り返る。

その先で、蒼太が顔色をなくして立ち尽くしていた。

name6 ～名前6～

そうた!!
カノジョができたら
言えって
言っただろっ!!
え〜なぁに
彼女〜〜?
家連れて
きな〜
違うよっ!!

違うよ…

name 6 ～名前6～

蒼太が美術室に向かうと、なかから聞こえてきたのはあかりと春輝の声だった。

どうして、二人が——。

そう思いながら扉を開くと、あかりと春輝が同時に振り返る。

驚いたように目を見開いたあかりの頰を、静かに涙が伝っていた。

それを目にした瞬間、蒼太はなにがあったのか、なんの話をしていたのか、そんなことを確かめる余裕もなく、美術室に足を踏み入れていた。

そのまま真っ直ぐあかりに歩みよると、手を取って美術室から連れ出した。


(本当は、わかってるんだ……)


「望月君……」

あかりが不安げな声で呼ぶのが聞こえていたけれど、蒼太は一言も発しないまま廊下を歩き続けた。

春輝とあかりは似ているのだ。

二人ともたぐいまれな感性を持っていて、その才能で将来を嘱望され、同じように夢を追いかけている。だからこそ、あかりは『春輝にしか理解できない』と、そう思ったのだろう。

他の誰でもなく、春輝にしか――。


(わかってるんだよ……)

蒼太は唇を浅くかむ。

今の自分の顔をあかりに見せられなくて、前を向いたままでいた。

つかんだ彼女の手から、困惑が伝わってくる。

卒業制作の映画で使う絵を決めた時から、心のどこかでわかっていたような気がした。

恋の色は『金色』だと答えたあかりに、春輝がうれしそうな顔をした時から。

あかりが心から必要としているのは、同じものを見て、同じように感じられる、春輝のような理解者だと。

(それでも…………いやなんだよ!)

あかりが自分以外の誰かの前で泣くのを見たくなかった。

弱音を吐くのは、春輝ではなく自分であってほしかった。

あかりが胸の内にずっと抱えて悩んでいたことを、話してほしかった。


「望月君……!」

もう一度呼ばれ、蒼太はようやく足を止める。気づけば、昇降口の前まで来ていた。

ゆっくり振り返ると、あかりのぬれた瞳が頼りなげに見上げている。

頬に残る涙のあとはまだ乾いてはいない。

そんな彼女の顔を見た瞬間、急に頭が冷えたような気がした。


「ごめ…………ん…………」

言葉になったのはたったそれだけだった。

蒼太はあかりから手をはなす。

泣いていたあかりを無理矢理連れ出しておきながら、慰める言葉の一つもかけられない。

それどころか、余計に不安な顔をさせるなんて。

「ごめん……」

蒼太はもう一度、かすれた声でくり返すと、身をひるがえしていた。

これ以上、情けない自分を、あかりに見せたくなかった——。

春輝にも、あかりにも、合わせる顔がない。

翌日の昼休み、教室にいるのが気まずくて、蒼太は屋上にいた。

空はどんよりと曇り、風が吹きつけるたびに身震いがした。

おかげで、屋上に出てくる生徒もいない。

（昼休みが終わるまで、ここにいよう……）

蒼太はグスッとはなをすする。それにしても寒い。あられでも降ってきそうな天気だ。

腕をさすっていると、扉がギィときしむ。

「もちた、こんなところにいたのか」

そう言いながら出てきたのは優だった。

授業が終わってすぐに教室を抜け出したから、心配して様子を見にきてくれたのだろう。

「……寒くないのか？　また風邪ひくぞ」

「寒い……こごえそう……」

「だったら、戻ればいいのに……どうした？」

「ちょっと……色々、あって……」

「春輝とか？」

蒼太は膝を抱えながら、小さくうなずく。

冷静になってみれば、自分のしでかしたことがひどくはずかしいことのように思えた。

（あんなの……どう言い訳したって、ただのヤキモチだよ……）


うつむいていると、「もちたーっ！」と春輝の呼ぶ声がする。

勢いよく開いた扉の音に、蒼太の肩が小さくはねた。

「残念。春輝のほうがしびれを切らしたみたいだ」

優が肩をすくめてみせる。

真っ直ぐにやってくる春輝の眉間には、不機嫌そうな皺が刻まれている。

蒼太はスクッと立ち上がると、そのまま回れ右をして逃げ出そうとした。

けれど、優に制服の襟をつかまれ、引っ張り戻される。

話し合えと言いたいのだろう。その目が無言の圧力をかけてくる。

（そ、そうは言っても……）


蒼太が恐る恐る見ると、春輝は腰に両手をやって目の前に立っていた。

「言っておくけどな、もちた。俺は早坂を泣かせてない！」

「わ、わかってるよ」

春輝が悪いわけではない。これは自分の気持ちの問題だ。

「だいたい、お前が早坂の絵を返し忘れてるから……俺が返しにいったんだろ！」

蒼太は思い出して、「あっ！」と声を上げる。

（そうだったーっ!!　あかりんの絵、まだ返してなかった）

小説の投稿のことで頭が一杯になっていたから、すっかり失念していた。

「……早坂も受験とかで色々、悩んでんだろ。もちたがなんとかしろ！」

「なんとかできるものなら、なんとかしたいよ！　でも、僕じゃ……」

言葉にした途端、情けなさに襲われて蒼太はひそかにこぶしを握る。

「あかりんが……聞いてほしかったのは、春輝なんだ……春輝じゃなきゃ、あかりんの気持ちはわからないんだよ」

黙ったまま蒼太の話を聞いていた春輝は、フッとフェンスの外に視線を移した。

「そうだな……早坂と俺は似てるのかもな。だから、わかるんだろう」

（やっぱり……春輝も……そう……）

「いつでも……どんな時でも、変わらずにそこにいてくれる誰かがいるから、迷いなく自分の道を歩いていけるんだ」

春輝が続けた言葉に、蒼太はゆっくりと顔を上げる。

その声は淡々としていて、誰かに向けて言っているというよりも独り言に聞こえた。

「俺や早坂みたいな人間に必要なのは、そんな誰かなんだよ……」

春輝は視線を戻すと、「多分な……」とどこか寂しそうに笑う。

「春輝……」

「わかったら早坂んとこに行って、話つけてこい！」

春輝は蒼太の頭を軽く押すと、さっさと校舎に戻っていく。

「ほら、戻るぞ。もちた」

優は軽く笑みをもらしてから、春輝の後に続いた。

「うん……」

小さくうなずいた蒼太は、春輝が見つめていたフェンスの外に視線を移す。

濁った雲ばかり広がる空を見つめて、少しだけ唇を引き結んだ。

（いつでも、どんな時でも、変わらずにそこにいてくれる……誰か……）

『……こわいよ……』

美術室のなかから聞こえた、あかりの声がずっと耳に残っている。

いつもは笑みを浮かべているのに、あの時だけはひどく頼りなげな表情になっていた。
教室に一人残りながら、蒼太はずっと昨日の美術室でのことを思い返していた。
六時が近いから、校舎に残っている生徒も少ないのだろう。
話し声も廊下を駆ける足音も聞こえてこない。
いつの間にか、窓の外には燃えるような夕焼けの空が広がり、教室を紅く染めていた。
蒼太は席に座ったまま、額に手をやる。
「僕じゃ、ダメですか……」
そんなつぶやきが、口からこぼれた。

(話して。聞くから……どんな話でも聞くから)
つらいことでも、悩んでいることでも、全部聞く。
(泣かせたいんじゃない。笑顔にさせたいんだ)
取り繕うような笑顔ではない。無理を隠した笑顔でもない。
(本当に、本当に笑顔にさせたいんだよ……)
入学式の日に彼女が見せたような、きらめくような笑顔。

あの日のように笑っていてほしい。


「早坂あかり……」

シンッとした教室に、蒼太のもらした声が響く。

いつだって、目に浮かんでくるのはあかりだ。


ふと、視線を横に移すと、彼女がしゃがんで不思議そうに見上げている。

その瞳は、夕暮れと同じ色に染まって輝いて見えた。

名前を呼べば、あかりはこんな風に——。

「なんですか？」

なんて、答えてくれるのだろうか。

（あかりん……）

蒼太は彼女を見つめたまま、無意識に手を伸ばしていた。

ここにいるはずもないのに——。

ほんの少し冷えているその頰を、蒼太は温めるように片手で包みこむ。

楽しそうに笑う顔も、ちょっとおどけている時の顔も、名前を呼んでくれる声も、首をかしげる仕草も、ケーキを選ぶ時の悩んでいる顔も、考えごとをしている時に、髪をクルッと指で巻く癖も、全部好きだ。

（名前を口にするだけで、ほら……）

不思議そうに見つめてくる彼女を瞳に映したまま、蒼太はゆっくりとほほえむ。


「また、好きになっていく」


それは、独り言のつもりだった。

本当に、あかりがいるなんて思いもしなくて――。

ふと我に返ると、彼女がびっくりしたように目を見開いている。

熱を感じる手のひらに視線をやれば、自分のその手はあかりの頬に触れたままだ。

「うわあああ」

仰天して、蒼太はバッと手をはなした。ガタンッと、椅子の音が大きく鳴り響く。

（いつの間にっ⁉）

「⁉」

ビクッとしたあかりは、力が抜けたようにうつむいてしまった。

（えっ、えっ、な、なんで、あかりんが⁉　というか、今、とんでもないこと、口走ったような……って、僕、なにしちゃってんの――――っ⁉）

「ち、ち、ち、違うんです！！！」

蒼太は両手を開いてみせながら、動揺してプルプルと首を振る。

「これは……だから……その……っ！！！」

頭のなかは真っ白で、言葉が出てこない。

ドクン、ドクンと、心臓まであせったように大きく脈打っている。

あかりが急に立ち上がったから、蒼太はハッとした。

彼女は身をひるがえすと、扉に向かって走り出す。

「あっ！」

蒼太も思わず立ち上がっていた。

「早坂さんっ‼」

あせって叫んだが、あかりは振り返らない。

背を向けたまま、逃げるように教室を飛び出してしまった。

その足音が遠のくのを聞きながら、蒼太はぼう然とする。

シンッとした静けさが戻ってきた後も、しばらくその場から動けなかった――。

「なにも違わないよ……」

終業式を間近にひかえた日の放課後、蒼太は階段脇の薄暗いスペースで一人壁にもたれていた。

下級生たちが無邪気に笑いながら、階段を上がっていく。

その声に、蒼太のもらしたつぶやきはため息とともにまぎれて消える。

自動販売機で買ったジュースに口をつける気にもなれず、蒼太はゆっくりと手を下ろした。

あかりを好きなことも、その姿を見つければ目で追いたくなるのも、そばにいれば触れたくなるのも、全部、隠しようのない本音だ。

他の男子といっしょにいるところを見かけたら、ヤキモチを焼いてしまう。

どうしようもないなと、自分でもあきれるくらいにあかりのことばかり考えている。

告白の答えだってずっと——。


胸に苦しさを覚えて、そのまま蒼太はズルッと壁に背を押しつけたましゃがみこんだ。

深く息を吐いてから天井を見上げる。

（ねえ、あかりん。どうしたらいい？）

ショックを受けたように、教室から立ち去ったあかりの後ろ姿がずっと頭から離れなかった。


「……望月君？」

遠慮がちに声をかけられて、蒼太は顔を向ける。

手すりから顔をのぞかせているのは美桜だった。

「あっ……合田さん……！」

蒼太はあわてて立ち上がる。

「合田さんはこれから帰り？　あ、もしかしてなつきか、あか……」

言いかけた名前に、胸がドクンと鳴って思わず口をつぐんだ。

そのまま、視線を足もとに落とす。笑みを作ったままでいるのが難しかった。

「……早坂さん、さがしてる?」

「ううん。職員室に用事があって」

美桜はそう言うと、階段をおりてそばまでやってきた。

「望月君は?」

「……ちょっと、ジュース買いたくて」

蒼太は手に持っていたパックを美桜に見せる。

「あかりちゃんに用事?」

「えっ!?　そういうわけじゃ……ないような、あるような……」

蒼太は観念したように、ため息を吐く。

「……そんなに、早坂さんのことばっかり、考えてるように見える?」

「……見えるかな」

美桜はそばの自動販売機でジュースを買いながら、クスッと笑った。

パックを取り出し口から出すと、蒼太の隣に並んで壁によりかかる。

(春輝が合田さんのこと好きな理由、ちょっとわかるなぁ……)

美桜はいつだって色々なことをわかっていながら、静かによりそってくれる。

(癒やされるんだよね)

あの春輝が美桜と二人で毎日並んで帰りながら、どんな話をしていたのか。

そんなことを想像すると、蒼太の口もとも自然とほころんだ。

けれど、二人が帰る姿を久しく見ていない。

いつの間にか春輝と美桜のあいだの距離が開いていることには、蒼太も気づいている。

春輝はそのことに触れられたくないようだから、美桜のことをどう考えているのかはきいていない。美桜がどう考えているのかもわからなかった。

(あかりんもどうにかしたいって思ってるみたいだったなぁ……)

それは、蒼太も同じ気持ちだ。

けれど、これは二人の問題で、他人が口をはさむことではない。

うっかり余計なことをすれば、ヒビの入ったグラスのように、ちょっとしたことでパンッと割れてしまいそうだ。多分、今の二人はそんな状況なのだろう。

春輝は卒業と同時に留学する。その後、春輝と美桜の恋はどうなるのだろう。

そこで終わってしまうとは思いたくないけれど、すべての恋がハッピーエンドで終わるわけではない。

美桜はつらくないのだろうか。

好きな人と離ればなれになる。どんなに想っていても、手の届かない遠いところに行ってしまう。そのことが――。


（僕はつらいよ……考えただけでもつらくなる……）

美桜と同じで、蒼太に残された時間も春までだ。

その先の未来図がなにも描けないのは、美桜も蒼太も同じ。

あかりがどんどん遠くに行ってしまうようで、あせる気持ちばかりが大きくなる。

今だって、本当は必死だ。追いかけたくて、そばに引き止めておきたくて。

美桜も、本当はそうなのだろうか。

そんな気持ちをずっと我慢して、なんでもないような顔をしてほほえんでいるのだろうか。

（合田さんはすごいな……）


そんなことをぼんやり考えていると、美桜が「あかりちゃんね」と、口を開いた。

「昨日、美術室に行ったら、すごく楽しそうな顔をして絵を描いてたの。あんなあかりちゃん、デッサンのモデルをした時に見たあかりは、真剣な表情で一心不乱に描いていた。

いつも美術部であかりがどんな風に絵を描いていたのか、実のところ蒼太はあまり知らない。

「楽しそう……というのとは、少し違うかな」

「……いつもはそうじゃなかったの？」

久しぶりに見た気がする」


だから、美桜から聞いた話は意外だった。

「あかりちゃんも迷うことがあったみたいだから。美大を受験することが決まってからは、ちょっとがんばりすぎなくらい一生懸命だったし。でも、昨日のあかりちゃんからはね……楽しいって思ってるのが伝わってきたの」

「そっか……」

（なにか、吹っ切れたのかなぁ）

美術室で涙を落としていたあかりの姿が浮かんできて、蒼太は少しだけ目を細めた。

つらそうに泣いているよりは、ずっといい――。

美桜は壁から離れると、クルッと蒼太のほうを向く。

「それは、望月君のおかげじゃないかな？」

「え……僕？」

「きっと、そうだと思う」

美桜は笑みを残し、「じゃあ、行くね」と職員室に向かう。

その姿を見送ってから、蒼太は落ちこんだ表情のままポツリとこぼした。

「そんなわけないよ……合田さん……」


(僕はきっと……)


学校を出て駅前の広場までくると、大きな街路樹がツリーに見立てて飾りつけされている。

日暮れからはイルミネーションが点灯するらしく、クラスでも話題になっていた。

アーケード沿いに並んだ店のショーウィンドウも、赤や緑、金や白といったクリスマスカラーの装飾に彩られている。その前を、蒼太は下を向いたままトボトボと歩いていた。

その足が止まったのは、同じ学校の制服を着た男子生徒に気づいたからだ。

しかも、その相手は蒼太もよく知る相手、濱中翠だ。

ショーウィンドウのガラスに顔と手を押しつけるようにしながらうなっている。

「翠？　なに……してんの？」

つい声をかけると、翠がバッとこちらを向く。

「う、うわああっ、も、も、もちた、なにしてんねん！！」

（それはこっちがきいてるんだけど……）

翠はなにかまずいことでもあったのか、妙に動揺して後退りしている。

（なに見てたんだろう？）


ショーウィンドウのほうを見ようとすると、翠が一気に距離を詰めてきた。そして、蒼太の顔をパシンッと両手ではさむ。

「ちょ……なにするのっ⁉」

「もちた……ええとこにきた！　助かったで」

翠はそう言いながら、横に並んでガシッと肩を組んできた。

「今、暇か？　暇やろ？　暇そうにしてるもんなーっ！　暇オーラが出てる！」

「イヤイヤイヤ、出てないから！　これから、帰って……えーと……海外ドラマみるし！」

「そーかそーか。暇なんやなぁ、自分。よっしゃ、そんなら行こうかー」

「どこに!?」

「そんなん、決まってるやん。買い物、買い物！　もちたも、なんか買うものあるやろ」

「な、ないよ。そんなの……」

「はぁ!?　ない!?　そんなことでどーすんねん。早坂にかっこええプレゼントして、ビシッといいとこ見せなあかんやろ！」

翠に胸を叩かれ、蒼太の喉がグッとおかしな音を立てた。

「そ……それより、翠はなに買うの？　プレゼント？」

話をそらしたくてきくと、急に肩から重みが消える。

一歩退いた翠は、不自然に目をそらしながら口笛を吹いていた。

（誰かにあげるつもりなのか……っていうか、誰に？　翠って誰か好きな人とかいたっけ？）

翠はこう見えて、なかなかモテる。特に秋の文化祭で軽音部のメンバーとしてライブをおこなってからは、余計にファンの子が増えたようだ。

蒼太から見ても、ステージで熱唱する翠は輝いていて、普段の十倍はかっこよく見えた。

（誰かと付き合ってるとか？　まさかね……）

そんなウワサは聞いたことがないし、本人もそんな素振りは少しも見せない。

（春輝も言ってなかったしなぁ）


「あーっ、まあ、つまり……クリスマスっちゅーたら……ほら、あれやろ！」

翠はごまかすように、ゴホンとせき払いする。

「あれって？」

「実はなー、もちた……ここだけの話やで？　絶対、人に言うたら、あかんで！！！」

「う、うん……なに？」

翠が真面目な顔をするので、蒼太もつい身がまえる。その両肩がガシッとつかまれた。

「実はな……俺の正体はサンタクロースやったんや。俺のじいさんも、ひいじいさんも、由緒正しいサンタやったんや。けど、ほら、歳やろ？　俺が今年から、子供たちに愛と希望とプレゼントを届けることになってんねん。あ、これ、ホンマ、秘密な？」

「ええええーっ、そうだったのー！　って、なわけないじゃん！」

ついのせられてビシッと胸を叩くと、翠がニヤーッと笑う。

「おっ、もちた、ナイスノリツッコミ。俺とコンビ組むか？　春輝、アメリカに行ってしまうしなぁー。相方おらんと寂しいねん」

「翠ならピンでもじゅうぶんやっていけるよ。じゃ、そういうことで……」

蒼太がそそくさと立ち去ろうとすると、翠にマフラーを引っ張られた。おかげで首がしまり、「うぐっ」と潰れたような声がもれる。

「じゃ、そういうことで、行くで、もちたー」

（えええええ――――――っ！！！　結局、こうなんのーっ!?）

蒼太はそのまま、にこやかな笑顔の翠にズルズルと引きずられていった。


それから、二時間ほど連れまわされただろうか。

すっかり足がクタクタになり、蒼太は先を行く翠のコートをつかむ。

「ねえ……翠、そろそろ帰ろうよ。遅くなるって」

もう、何軒の店を巡ったかわからない。そろそろ日も落ちるころだ。

「たこ焼き食っただけやろ。まだ、なんも買うてへんのに帰れるかっ！」

翠は半ばムキになったように、次から次へと店に入っていく。けれど、気に入ったものが見つからないらしく、一通り見ただけですぐに出ていってしまう。

「だから、なにさがしてんの？　それがわかんないのに歩きまわったって仕方ないじゃん」

「こう……ハートにズキュンッとくるやつや。ズキュンッと！」

　翠がまた店に入っていこうとするので、蒼太も仕方なく後に続いた。

　これはもう、翠が満足するまで付き合うしかない。


　なかに入ると、学校帰りの女の子の姿が多かった。

　女子向けの服やアクセサリーを扱っている店だからだろう。そのなかで男子二人というのは目立つらしく、チラチラと視線を向けられるのが微妙に居心地悪い。


「あのさ……翠……外で待ってちゃ……」

「これや……っ！」

　独り言が聞こえて隣を見れば、翠はニット帽に目が釘づけになっている。

「えっ、かわいいけど……まさか、翠がかぶるの？　それ？」

「アホ抜かせ。俺なわけないやろ！」

「そ、そうだよねー……じゃあ、誰にあげるの？」

翠がかぶるにはサイズが小さいだろう。それに、どう見ても女の子ものだ。

「そ、そら…………あれや。お、おかんや！」

フイッと顔を正面に戻してから、翠は真顔でそう答えた。

「えっ‼　お母さん⁉」

「そうや、おかんへのプレゼントや……」

「でも、翠……それ、クマの耳……ついてるよ？」

蒼太は、翠と帽子を恐る恐る交互に見る。

「うちのおかん、アニマル柄のものが好きなんや……家でもヒョウ柄の服とか着てるしな」

「へ、へえ……そうなんだ……」

翠には翠の事情があるのだろう。それ以上、深くは追及しないほうがよさそうだ。

「ちょっと、買うてくるわ。これ、頼む！」

学校のカバンを押しつけられて、「あ、うん」と思わず受け取った。

翠は会計カウンターに向かうと、ニット帽を女性の店員に渡す。

「プレゼントで！」

そう大きな声で言ってから、「か、かわいくラッピングしてください……」とはずかしそうな顔をしながら付け加えていた。

翠がラッピングをしてもらっているあいだ、蒼太は店の外に出て待つ。

さすがに暖房(だんぼう)の効いた店内から出ると、空気の冷たさが肌(はだ)にしみこんでいくようで、少し身(み)震(ぶる)いしながらマフラーに手をやった。

「寒っ……」

今夜か明日あたりは雪になりそうだ。そう思いながら、空に目をやる。

(クリスマスプレゼント……か……)


そのうちに、店のドアが開いて紙袋(かみぶくろ)を手にした翠が出てきた。

「これ見つけられたんは、もちたのおかげやで。お礼は必ず、必ずっ!! するからな！」

上機嫌(じょうきげん)な翠にバンッと背中を叩かれて、軽くよろめく。

いつもなら、「もーっ！」と頰(ほお)をふくらませているところだろう。

けれど、翠があまりにもうれしそうな顔をしているから、そんな気も起こらない。

「喜んでくれるといいね」

蒼太がそう言うと、翠は「おうっ！」と歯を見せて笑っていた。

翠が誰にあげるつもりなのかはわからないが、きっと大切な人なのだろう。

そんな誰かのために、あちこち歩いて、さがして、ようやく見つけて、ちょっとだけ勇気を振りしぼってプレゼント包装にしてもらう。

その人の喜ぶ顔が見たくて――。

（ああ、いいな……）

そんな風に、喜ばせたい人なら自分にもいるのに。

蒼太は切なさを覚えて、わずかにまぶたを伏せた。

浮かんでくる笑顔はいつだって、ただ一人のものだ――。


翠と別れた後、街が明かりに彩られるのをながめながらゆっくりと歩く。

雲のたれこめている空に、定番のクリスマスソングが響いていた。

広場で路上ライブでもやっているのだろう。

ショーウィンドウの前を通りかかった時、ふとマネキンに目がいく。

飾られているのはフワフワとして暖かそうな、白いマフラーだ。

（あかりんに似合いそうだなぁ）

蒼太は立ち止まったまま、ぼんやりと見つめる。


これを渡したら、彼女はどんな顔をするだろう。

喜んでくれるだろうか。

それとも、好きでもない相手からのプレゼントなんて困るだろうか。


クリスマスだからといって、奇跡が起こるわけではない。

映画や小説のような、綺麗なハッピーエンドなんて期待していない。

ただ、彼女の笑顔が見られるのなら――。


蒼太は意を決してドアを開き、店のなかに足を踏み入れる。

店員の女性が、「いらっしゃいませ」と声をかけてきた。

「すみません、そこのマフラー……ほしいんです！」


（それだけでいいんだ……）

＊

「ただいまーっ」

家に戻った蒼太は靴(くつ)を脱(ぬ)ぐと、急ぎ足で階段に向かう。

すぐに部屋に上がってしまいたかったのに、タイミング悪く、リビングのドアが開いた。

飛び出してきたのは、歳(とし)の離(はな)れた妹だ。

「そうたーっ!!　おかえりーっ!!」

元気いっぱいなその声にギクッとして、あわてながらプレゼントの包みを後ろに隠(かく)す。

それをめざとく見つけた妹が、「あああ――――っ！」と大きな声を上げて指差してきた。

（だから、見つかるのはいやだったのに～～っ!!）

「なにそれ！　プレゼント!?　クリスマスプレゼント!?　誰に－っ!?」

「だ、だ、誰でもないって！」

「ふーん……怪(あや)しい……」

妹はそう言いながら、ジリジリとよってこようとする。

（な、なんとか、気をそらさないと……）

「あーっ、そうだ。冷蔵庫にあった僕のプリン‼　食べていいから‼」

「プリーンッ！！！」

妹の瞳が キラーンと輝いたが、それも一瞬のことだった。

「あれなら、もうないよ」

「えっ⁉　なんで⁉」

「そうたがいらないんだと思って、片づけておいてあげた。わたしのお腹に！」

妹は得意満面に、グッと親指を立ててみせる。

「そ、そうですかー……」

蒼太はガクッとして、力なく答えた。

（そんなことだろうと思ったよ……まあ、いいけどさ）

「でっ、誰にプレゼント？　まさか……カノジョっ⁉」

「な、なに言ってんの！」

あせって答えると、「え〜なぁに、彼女〜〜？」とリビングのほうからも声が聞こえてくる。

（うわっ、姉ちゃんも帰ってるっ‼）

しかも、缶(かん)ビールを片手に、すっかり『できあがっている』状態だ。

「家連れてきな〜〜っ！」

（知らないよっ！）

蒼太は今のうちに逃(に)げようと、クルッと背を向けた。

「そうた！」

腰(こし)に手をやった妹が呼び捨てにしてくる。

「カノジョができたら言えって言っただろ‼」

「違(ちが)うよっ‼」

蒼太はつい、強く否定した。

それから、声を小さくして、「違うよ……」ともう一度くり返す。

（彼女じゃ……）

あかりの姿を思い浮かべると、胸に痛みを覚えた。

name7 ～名前リク～

ぽー…
あかりー!!!
それ誰に
渡すつもり!!?
男ー!?
男なの!!?

いつ渡そう…
私のあかりに
男が
できたーー!!!
うわあーーん

放課後、美術室に一人残っていたあかりは、クロッキー帳に鉛筆を走らせていた。
描いているのは、あの日、教室で一人座っていた蒼太の後ろ姿だ。

『早坂あかり……』


紅に染まる教室で、蒼太はあかりの名前をポツリと口にしていた。

その声が胸に響いて、あかりは引きこまれるように教室に足を踏み入れた。

『どうしたの？』

そう、声をかけようとしたけれど、蒼太は物思いにふけるようにぼんやりとして、歩みよっても気づかない。

そばにしゃがむと、あかりは机の端に手をかけながら蒼太を見上げた。

シンッとした静けさに包まれた夕暮れの教室にいるのは、二人だけ――。
『なんですか？』
なんて、取り繕うようにきいてみると、蒼太があかりのほうを見る。
いつもなら、蒼太は大げさなほど驚いて、それから二人して笑っていただろう。
それなのに、この時の蒼太はあかりを見つめたまま手を伸ばしてくる。
そっと触れた手が、あかりの頬を包みこんだ。

『ほら……また好きになっていく』

優しくほほえんだ蒼太に、ドキンッと心臓がはねる。
そのまま速くなっていく鼓動にとまどいながら、あかりは目を見開いていた。

蒼太がハッと我に返ったのはその時だった――。
『うわあああ』
びっくりしたように叫んだ蒼太の手がはなれた途端、あかりの体から力が抜けた。
机の縁につかまっていなければ、そのままヘナヘナと座りこんでしまっていただろう。

顔がどうしようもなく熱くて、蒼太に見せられなくて、うつむいたまま息をのんでいた。

蒼太は『ち、ち、ち、違うんです！！！』と、オロオロしている。

いつもみたいに、ちょっとおどけてごまかせばよかったのに。

それもできなくて、あかりは胸の前で手を握りしめると、教室を飛び出していた。

『早坂さん‼』

うろたえたように呼ぶ蒼太の声を聞きながら——。


そのまま校舎を飛び出した時、目の前に広がっていた世界に、あかりは思わず目を奪われた。

キラキラと光り輝く、泣きたくなるほど美しい黄金色の空。

手を伸ばすと、指のあいだを光がすり抜けた。

（ああ、これなんだね……）

心を満たしていく感動に、思わず笑みがこぼれていた。

あかりが思い描いた『恋』の色が、そこにあった——。

それから、すぐに校舎に引き返すとあかりは美術室に向かっていた。
どうしてか無性に、絵が描きたかった。
夕暮れの空の色も、風景も、胸を満たす温かな気持ちも。
全部、キャンバスに閉じこめてしまいたかった――。

あの日からずっと、熱は体のなかにとどまったままだ。
思い返すと、切ないような、苦しいような気持ちになる。
（どうして……？）
そう、クロッキー帳に描いた蒼太に問いかけてみる。
どうしてこんな気持ちになるのだろう。ただ、名前を呼ばれただけなのに。
それだけで、トクンと胸が鳴り出す。
その理由を、教えてほしかった。

「あかりー」
不意に呼ばれて、あかりは顔を上げる。

美術室をのぞいているのは夏樹と美桜だ。あかりは二人に笑みを向けた。

「なっちゃん、美桜ちゃん。どうしたの？」

「美桜と買い物に行こうと思ってるんだけど、あかりはどう？」

夏樹にきかれて、「んー」と迷うようにあごに指をそえる。

「行こうよ、たまには息抜きも必要だって。ねっ、美桜！」

「うん。あかりちゃん、忙しいかな？」

「ケーキも食べにいくよー？」

二人にそう言われ、「じゃあ……行こうかな」とあかりはクロッキー帳を閉じた。

カバンを手に立ち上がり、美術室の電気を消して廊下に出る。

並んで歩いていると、夏樹がふとあかりの抱えているクロッキー帳に目をやった。

「なに描いてたの？」

「ナイショ」

あかりはそう答え、笑みのこぼれた唇に人差し指を押し当てた。

あかりたちが学校を出て向かったのは、駅前のアーケード街だ。

画材店と手芸店を巡ってから、ショーウィンドウに飾ってあったかわいいコートにつられて、ショップに入ってみる。

美桜と夏樹が服を試着しているあいだ、あかりは店内をながめていた。

隣はメンズものを扱っているらしい。

棚に並んでいたマフラーが目に入って足が向く。

(これ……望月君に似合いそう)

チェック柄のマフラーに手を伸ばそうとした時、「どうですか？」と声をかけられた。

そばにやってきたのは男性の店員だ。

「プレゼントですか？」

「い、いいえ……見ていただけで……」

手を引っこめると、あかりは急ぎ足でその場を離れる。

(だって、彼女でもないのに……)

そう思いながらも気になって、もう一度、棚のマフラーに目をやった。

蒼太には、デッサンに付き合ってもらった。それに、いつも助けてもらっている。

だから、なにか――。

夏樹や美桜のように、マフラーを編むのは難しいだろう。

あかりは絵は得意だけれど、手先が器用というわけではない。美桜に編み物を教えてもらったことはあるが失敗してばかりで、自分には向かないと途中であきらめてしまった。

だから、優のために苦手な編み物に挑戦している夏樹が、ちょっとだけ羨ましく思える。

クリスマスをいっしょにすごしたくなるような、特別なプレゼントをあげたくなるような、そんな大切な誰か――。

あかりは飾りつけがされたショーウィンドウの向こうに見える、街の景色に目をやった。


『ほら……また好きになっていく……』


蒼太の声を思い出して、あかりはそっと頰に手をそえた。

あの時のように、もう一度、名前を呼んでほしい。

もう一度、触れてほしい。

ずっと心がフワフワとして、気づけば蒼太のことを考えている。今でもそうだ。

蒼太は今、どこでなにをしているのだろう。まだ、学校だろうか。

春輝や優といっしょに、いつものように映画研究部の部室で映画制作に励んでいるのかもしれない。それとも、家に戻ってまた小説を書いているのだろうか。

その姿が目に浮かぶようで、口もとが緩む。

（会いたいな……）

顔を見たい。話がしたい。

けれど、終業式を迎えれば冬休みに入ってしまう。そうなれば、受験のこともあるため、あかりもなかなか蒼太には会いにいけなくなるだろう。

棚まで引き返すと、先ほどのマフラーを手に取った。

他のマフラーにも目をやったが、やはりこれが一番、蒼太に似合いそうな気がする。

（うん……やっぱり、これ……）

マフラーを手に、あかりは緊張した足取りでカウンターに向かった。

なかで作業をしていた先ほどの男性店員が、「おや？」という顔をする。

「あ、あの……プレゼント包装にしてください！」

マフラーを置いて言うと、店員はニコッとしてから、「カードもおつけいたしますか？」ときいてきた。

『Merry Christmas』

見せてくれたのは、そう書かれた小さなカードだ。

あかりは迷ってから、コクンとうなずく。

店員はカードをマフラーといっしょに箱に入れて、リボンをつけてくれる。

その紙袋を受け取ると、なんだか胸がドキドキしてきた。

(喜んでくれるかな、望月君)

気はずかしそうに笑う蒼太の顔が浮かんできて、あかりは紙袋を両腕で包む。

(喜んでくれるといいな……)

夏樹や美桜と別れると、すっかり日が落ちていた。

家に帰る足取りもいつもよりも軽く、弾んでいる。

紙袋を抱えたまま、あかりはクリスマスソングを口ずさんでいた。


「ただいま！」

家に帰り着くと、そう言いながら玄関の扉を開いてなかに入る。

靴を脱ぎ、そのままリビングに向かうと、ちょうど姉が帰ってきていた。

「めずらしーね。あかりが遅いの」

「うん、なっちゃんや美桜ちゃんと買い物してたから」

「そーなんだ。って……あかり、ちょっと、待って‼」

ソファーに座っていた姉が、あわてたようにやってくる。

ガシッと両肩をつかまれて、あかりは目を丸くした。

「その紙袋……駅前のショップのだよね？　新しくできてた！」

「うん、かわいい服がいっぱいあったよ」

「それっ!!　もしかして……メンズ……もの？」

「え？」

「メンズものだよね!?　なに買ったの!?」

「あ……マフラー……」

「マ……マ、マフラー────ッ!?」

大げさに驚くと、姉が強く肩を揺さぶってきた。

「あかりーっ、それ誰に渡すつもり!?　男ー!?　男なの!?」

（……そっか、男子にプレゼントするのって初めてなんだ……）

あかりはポーッとしながら、蒼太の顔を思い浮かべる。

（彼女でもないのに、引かれちゃうかも）

「私のあかりに男ができたーっ！！！　うわーん」

ショックを受けている姉の声を聞き流しながら、人差し指をあごに運ぶ。

（いつ、渡そう……）

自分の部屋に上がると、あかりはパタンとドアを閉める。

明日、クリスマス・イブの日ばかりは、受験をひかえた三年生も友達同士で集まり、どこかに出かける約束をしていた。

（望月君、他の誰かに誘われてたり……しないかな？）

そんな不安が胸をよぎって、あかりはドキッとした。

（後輩の子に人気があるし……）

いつだったか、美術部の後輩たちが蒼太のことで盛り上がっていたのを思い出す。

卒業制作の映画に使う絵のことで蒼太は何度か美術室を訪れていたから、後輩たちも話をしたことがあるようだった。

『望月先輩って、なんか、かわいいよね！』

『あ、わかるーっ！』

　中庭で写生していた時、そんな後輩たちの会話が聞こえてきて、あかりは自分の絵を仕上げながら、こっそり頬をふくらませていた。

『望月君はかわいいんじゃなくて、かっこいいんです……』

そう言いたくて――。


蒼太は頼りになるし、困っていると手を貸してくれる。

どんな話でも、いつも楽しそうに聞いてくれる。

そんな蒼太のことは、後輩の子たちは知らないだろう。

照れた時の笑いかたも。真剣に考えごとをしている時の少し大人びた横顔も。

それから――触れた手の熱さも。

(私だけが知ってる望月君なんだ……)


他の誰にも教えたくない。

こんな気持ちを、『ヤキモチ』と言うのだろうか。

あかりは少し赤くなりながら、紙袋に視線を落とした。

＊＊＊

翌日の放課後、あかりは美術準備室に置いていた私物を片づけてから急ぎ足で教室に引き返した。

後輩たちに声をかけられて絵を見ていたから、遅くなってしまった。

（……望月君、まだいるかな？）

蒼太を驚かせたくて、うれしそうな顔を見たくて、今日は朝から胸が弾んでいた。

今も少しだけ、心臓の音が大きく聞こえる。

『早坂あかり……』

放課後の教室で、蒼太はとても大切にあかりの名前を呼んでくれた。

だからだろうか。思い出すと、どうしようもなく胸が高鳴ってくる。

教室の前までくると、深く呼吸して気持ちを落ち着かせてから扉に手を伸(の)ばした。

名前を呼ぼうとしたが、教室には誰もいない。

ゆっくり口を閉ざすと、あかりは蒼太の席に目をやった。

あの日、あの席で、蒼太はなにを思ってあかりの名前を呼んでくれたのだろう。


「望月……蒼太君……」

名前を口にしてみると、胸がほんの少し苦しくなった。

(ねぇ、望月君。この気持ちは、恋ですか?)

この場にいない蒼太に、あかりは心のなかで問いかける。

もしも、そうなら――。


(……なんて、伝えよう?)


あかりは教室を後にすると、廊下を引き返しながら蒼太の姿をさがす。

けれど、その姿は見当たらなくて、声も聞こえてこない。

すぐにでも、会いたいのに――。

（ねえ、どこに……どこにいますか？）


階段の手前まできた時、「早坂？」と声をかけられて足が止まる。

見上げると、春輝が階段をおりてくるところだった。

一人なのか、蒼太や優の姿はそのそばにはない。

「芹沢君……あの……望月君、どこにいるか知らない？」

「もちた？　それなら、ちょっと前に帰るのを見かけたけど……追いかければ、間に合うんじゃないか？」

「あ……っ。ありがとう、芹沢君」

急ぎ足で階段を二段ほどおりたところで、あかりはふと立ち止まり、春輝のほうを振り返る。

「芹沢君」

そう呼ぶと、春輝も手すりに手をかけたままあかりを見た。

「この前の美術室でのこと……ごめんね」

「ああ……いや、べつに……それより、早坂の問題は解決したのか？」

春輝にきかれて、「どうかな……」とあかりは視線を下げる。

受験のことも、その先の未来のことも、不安や迷いがなくなったわけではない。ただ——。


「今はあの時ほど、こわくないの」

いつでも、どんな時でも変わらず『大丈夫だよ』と笑っていてくれる。

そんな誰かがいてくれるから、自分を見失うことなく、前を向いて進んでいけるのだろう。

たとえ、その人と遠く離れてしまうことになったとしても。

会えることがなかったとしても。

その人の存在が、折れそうになる心を支えてくれる。背中を押してくれる。

だから、人は強くなれる——。


(芹沢君も、そうなんだね)

ようやくわかった気がして、あかりは春輝に笑みを向ける。

春輝は少し驚いた顔をしてから表情を和らげた。

「そうか……」

「じゃあね。芹沢君」

別れを告げ、あかりは階段をおりていった。

校舎の時計の針は、五時をまわっている。
薄暗い空を見上げると、静かに雪が落ちてきた。
それは火照ったあかりの頰の上ですぐに溶けてしまう。
聞こえてくるのは、下校する生徒たちの楽しそうな笑い声だ。

(どこにいますか?)
どこかに響く蒼太の声をさがしている。
いつもみたいに、『早坂さん』と呼んでくれるその声を——。
『恋って、なんですか?』
『好きって、なんですか?』

ずっとわからなくて、さがし続けていた答え。
それが、今なら、こんなにもはっきりとわかる。
形もなくて、触ることもできなくて、でも、それは確かにこの胸のなかにあって――。
キラキラと輝き続ける。
（こんな気持ち、私のなかにもあったんだね）
蒼太の顔を思い浮かべながら、あかりは口もとを緩めた。
温かくて、心地よい熱が胸のなかにじんわりと広がっていく。

今すぐに蒼太に会いたい。会って名前を呼びたい。
マフラーを渡して、それから、いっしょにケーキを食べにいって。
どこのお店のケーキがいいだろう。
せっかくのクリスマス・イブなのだから、一番おいしいケーキがいい。
二人でケーキを食べて、いつもみたいにおしゃべりして。それから――。

ずっと、告白の返事を曖昧なままにしてきたのに。
今になって、自分の気持ちに気づいて返事をしたいだなんて遅いだろうか。

（ねぇ、望月君……まだ、待っていてくれる？）

（こんな私を……まだ、好きでいてくれる？）


ずっと、夢見てきた。

好きな人ができたら、手をつなぎたい。

いっしょにケーキを食べて、おしゃべりして。クリスマスにプレゼントを渡して。

おたがいに、名前で呼び合って、ドキドキするようなこともあって。

時には妬いたり、妬かれたり。

そんな誰もがする、普通の恋を——。


でも、自分には関係なくて、男の子に呼び出されて告白されても、どこか現実感が薄くて。

恋に恋するだけの毎日——。

自分ではできなくて、友達とはしゃいですごしていた。

『恋が始まるおまじない、教えて』

なんて、バカみたい。そんなもの、あるわけないのに。

そう思いながら、ずっと後ろから誰かの恋を見ているだけ。

そんな時だった。


思わず、人差し指を唇に押し当て、『ナイショ』と笑ってはずかしさをごまかした。

クラスの男子に声をかけられて驚いたのは。

『おはよう！　寝癖ついてるよ』

それが、蒼太との初めての会話。


恋が始まるきっかけなんて、ささいなこと――。


あかりは、蒼太の姿をさがしながら駆け出していた。

ようやく見つけたのは、正門を通り抜けたところだ。

横断歩道の先で、蒼太は遠くを見つめたまま足を止めている。

あかりは鼓動が少しずつ速くなるのを感じながら、「望月君……」と小さな声で呼んだ。

けれど、その声は届かなかったのか、蒼太は気づかないまま歩き出そうとする。

「望月君！」

引き止めたくて、もう一度、声を大きくしてその名前を呼んだ。

ようやく聞こえたのか、蒼太が足を止めてパッと振り返る。

あかりが駆けよると、驚いたように目を見開いていた。

「あかりん……」

そうもらしたのは、ほとんど無意識だっただろう。

(ああ、よかった……やっと……)

あかりは横断歩道を渡って駆けよると、息を弾ませながら胸に手をやる。

それから、ゆっくりと息を吐いてほほえんだ。

「見つけました」

name8 ～名前8～

todoite...
届いて…
その時、君の声――
sonotoki,
kiminokoe―

name 8 ～名前8～

蒼太は学校を出たところでしばらく立ち止まったままでいた。
今日一日、あかりにプレゼントを渡したくて、その姿をさがしていたのに。
渡すタイミングがなくて、携帯で連絡を取る勇気もなくて、そのまま校舎を後にした。
やっぱり、不釣り合い――。
いつだって、あかりは高嶺の花だった。
そんな彼女に恋をした。恋をせずにはいられなかった。
もしかしたら、彼女もいつか振り向いてくれるかもしれない。
なんて、淡い期待を抱いて。
そんなにうまくいくはずなんてないのに。
だからもう、この気持ちは胸のうちにしまってしまおうと思った。

『さよなら……』

そう、誰もいない教室に、一言だけ残して――。


それなのに、気づくとまた、あかりの姿をさがしている。

会いたくて、その声を聞きたくて。

「本当に……あきらめ悪いなぁ……」

苦い笑みといっしょに、蒼太はポツリともらした。


頰に触れた冷たさにつられて空を見上げれば、雪が静かに落ちてくる。

『クリスマスまでに、雪、降るのかな……』

電車で乗り合わせた時、あかりは窓の外を見つめたまま、そうつぶやいていた。

この雪を、彼女もどこかで見ているのだろうか。

「いっしょに……見たかったなぁ……」

そんな独り言も、雪とともに落ちて消えていく。

叶うはずのない願い。

届くはずのない想い。

高望みの、恋をした。

後悔なんてないけれど、心残りがあるとすれば。

もう一度だけ、あかりに気持ちを伝えたかった——。

(なんて、自分勝手だね……)

吐息をもらして歩き出そうとした、その時だった。


「望月君!」

後ろから響いた声に、蒼太は思わず振り返る。

「あかりん……」

彼女がそこにいるのが信じられなくて、声に出して呼んでいた。


「見つけました」

深く息を吐いてから、あかりが蒼太を見上げてくる。

(ああ、そうだ……この気持ちをあきらめられるはずなんて……)

あかりを見れば、彼女の名前を呼べば、いつだって強く思うのに。

終わらせたくない——。

蒼太は唇を強く結ぶと、覚悟を決めてプレゼントの包みをバッグから取り出した。

「も……望月君……」

あかりも紙袋を手に、声を小さくして呼ぶ。


「「どうぞ！」」


目をつむった蒼太の耳に、二人の声が重なって聞こえた。

その後に続くシンッとした沈黙にとまどいながら、蒼太は「え？」とゆっくり視線を上げる。

見れば、あかりも両手でプレゼントの箱を差し出していた。

「えええ！！！」

びっくりして声を上げると、蒼太はあかりとその箱を交互に見た。

「これ、僕に!?」

そうきくと、あかりが「フフッ」と笑う。

「いっしょのこと、考えてましたね」

そう言いながら――。

（うそ……本当に？　あかりんが僕に⁉）

緊張しているのか、箱を持つあかりのその手が震えてみえる。

（本当に、こんなことって……）

蒼太とあかりはプレゼントを交換すると、そのまましばらく会話をさがすように黙っていた。

あたりを包む静けさのなかを、雪が落ちていく。


「あっ！　あけても………いいですか？」

蒼太が思い切ってたずねると、あかりはちょっとためらってからコクンとうなずいた。

ゆっくり箱を開いてみると、入っていたのはマフラーとメッセージカードだ。


蒼太の好きなシンプルなチェック柄のマフラー。

「……選んでくれたの？」

「望月君に似合いそうだと思って……」

蒼太は箱のなかに綺麗に収まっているそのマフラーを見つめる。

これを渡すために、あかりはここまで追いかけてきてくれた。


届かない恋だと思った――。

映画のヒロインのように、声をかけることもできない。

ただ見つめて、恋い焦がれるだけの相手。そんな風にずっと思っていた。


(君は僕のためだけにいるんだ……今、この場所に)

そう思うと胸が一杯で、目頭が熱くなっていく。


「ありがとう……」

そう伝えた声まで、潤んで聞こえた。

涙ぐむなんてはずかしいのに。どうしても堪えきれなくて――。


「望月君は……ズルいです!」

あかりが蒼太の渡したプレゼントの包みで、パッと自分の顔を隠しながら急に言う。

「えっ、ど、どうして⁉」

(僕……変なこと言った⁉)

包みを下げて顔をのぞかせると、彼女はクスッと笑った。

「これ……あけてもいいですか？」

「あっ……それは……この前、翠に買い物に付き合わされて、その時、飾ってあったのを見かけて、早坂さんに……その……似合いそうだなって思ったからでっ‼」

あたふたして答える蒼太の前で、スルッと包みのリボンがほどかれる。

真っ白なマフラーを取り出すと、あかりは瞳を大きくしてしばらく見つめていた。

「早坂さんの好みとかわからなくて、気に入らなかったら……ごめんなさいっ！」

蒼太はガバッと頭を下げた。

あかりはなにも言わないまま、自分のマフラーをスルッと外す。それをカバンにしまうと、かわりに蒼太の渡した白いマフラーを巻いてキュッと首の後ろで結んだ。

「……どうですか？」

マフラーに手をやりながら、あかりがたずねる。

蒼太は思わず返事をするのを忘れて、彼女に見とれていた。

「望月君？」

名前を呼ばれて我に返ると、あわてて口を開く。

「す、すごく……似合ってると思いますっ！」

「うれしい……ありがとう」

そう言って、あかりはフワッと笑った。


顔が熱を帯びるのをごまかしたくて、蒼太は急いで自分のマフラーを外す。

あかりがくれたマフラーを巻こうと思うのに、緊張しているせいかうまくいかない。

（ううっ……かっこ悪い…………っ！）

もう一度やりなおそうとしていると、あかりがそばによってくる。

踵を少し浮かせた彼女の顔が急に近くなって、蒼太は思わず息を止めた。

びっくりしたように心臓が鳴り出す。

その音を聞きながらジッとしていると、あかりがかわりにマフラーを巻いてくれた。

優しい表情でほほえむ彼女から、目を離せない。

この腕のなかに全部、包みこんでしまいたかった——。

「やっぱり、いいなぁ……」

(大好きなんだよ……)

びっくりしたように手を止めたあかりの顔を見て、心のなかでつぶやいたはずの言葉がもれていたことに気づく。

「うわぁ、ま、またっ!!」

蒼太はワタワタしながら、自分の口を押さえていた。

(な、なんで、こう正直なんだっ、僕の口って!)

隠すとか、ごまかすとか、そういうことが一つもできない。

蒼太はワタワタしながらなんとか取り繕おうとした。

「あ、いやっ、つまり……マフラーが!!!」

カァと赤くなっていく顔を片手で押さえ、声を小さくする。

「マフラーが……チェックの……」

(って、言い訳が下手すぎる………っ!!)

恐る恐る視線を戻すと、あかりはうつむいてしまっていた。

その手は、蒼太のマフラーをギュッと握ったままだ。

「あ、あのっ！」

蒼太が言いかけた時――。

あかりがゆっくりと手をはなし、一歩分だけ後ろに下がる。

その頬が薄紅色に染まって見えるのは、気のせいだろうか。


「そうだ、この後、空いてる？」

不意にきかれて、蒼太は「え？　あ、うん」ととまどい気味にうなずいた。

「あ、空いてるよ……」

そう答えた蒼太の手を、あかりがパッと取る。

楽しそうに瞳をきらめかせた彼女に引っ張られるままに、蒼太は駆け出していた。

name9 ～名前9～

すみません
こちらのミニケーキでラストになりまして…
あ…はい
それで大丈夫です…

✶✶+ name 9 〜名前9〜 +✶✶

あかりが蒼太の手を引いて向かったのは、以前から行ってみたかったケーキショップだ。

人気のある店だから、外にまで行列ができている。なかも満席で入れそうにはなかった。


手を緩(ゆる)めると、蒼太の手がスルッと解けた。

あかりは気落ちして、「ごめんね……」と小さな声で謝る。

(ここのケーキ……いっしょに食べたかったんだけど……)

「ううん。ほ、ほら、あそこのテイクアウト見にいこう?」

店内の混雑を避(さ)けるために、テイクアウト用のケーキを外で販売(はんばい)しているようだった。

蒼太が歩き出したので、あかりはその後についていく。

「すみません。こちらのミニケーキでラストになりまして……フォークを二つ、おつけいたしましょうか？」

女性の店員が申し訳なさそうに見せてくれたのは、イチゴが二つのったミニケーキだ。

あかりは蒼太と顔を見合わせてから、コクンとうなずく。

「あ、はい……それで大丈夫です」

少しはずかしそうな顔をしながら、蒼太が答えた。

ケーキボックスを受け取ってその場を離れると、二人は近くの広場に移動する。

並んでベンチに座り、イルミネーションの色とりどりの明かりが点滅するのをながめる。

冷えていく指先を口もとに運ぶと、あかりは「ハァ……」と息を吐きかけた。

白く染まった息がふわっと広がる。

おたがいに、緊張したように押し黙ったままだった。

「望月君……写真、撮りませんか？」

あかりは立ち上がると、クルッと蒼太のほうを向く。

「あ、はいっ！」

そう返事しながら、蒼太は膝の上のケーキボックスをベンチに置いて腰を上げた。

「えっと……どこで、撮…………」

キョロキョロとまわりを見まわしている蒼太に、あかりは携帯のカメラを向ける。

そのことに気づいた蒼太が、「ぼ、僕はいいよ！」とワタワタしながら手を振った。

「ほら……イルミネーションを撮るほうが綺麗だし!!」

「動いちゃダメです」

そう言いながら、あかりはカメラから逃げようとする蒼太を一枚、撮影した。

画像を確認すると、蒼太ははずかしそうに横を向いている。

あかりはクスッと笑ってから、その写真を保存した。

それから、顔を上げて蒼太を見る。


「いっしょに撮りませんか……？」

「あ、で、でも……っ！」

「ダメ、ですか？」

そう上目づかいにきくと、蒼太は「ダメじゃないです！」とプルプルと首を振る。

あかりが隣に並ぶと、蒼太が自分の携帯を少しだけ高い位置にかざす。

ほんの少しよると、おたがいの腕がトンっと触れた。

思わず緊張してしまったのが、蒼太には伝わっただろうか。

ただ、写真を写すだけ。それだけのことなのに。

そばにいるのが、こんなにもドキドキするなんて。

頬にたまっていく熱をごまかしたくて、ちょっとふざけるように「ガオッ」とポーズを作る。

蒼太は気はずかしそうな顔をしながらも、同じポーズをとってくれた。


一枚写した後、あかりは蒼太とはなれて背を向ける。

きっと、今の顔は赤くなっているだろう。

胸の奥で、鼓動の音が響いている。

蒼太といるだけでずっと――。


「早坂さ……」

写真を保存し終えたのか、蒼太の呼ぶ声がした。

イルミネーションを見つめていたあかりは、クルッと体の向きを変える。

「あかり、で良いですよ！」

そう言ってほほえむと、蒼太と向き合った。

そう、呼んでほしい。あの日のように――。


迷うような沈黙の後で、蒼太はわずかに唇を動かした。

「あ……」

こぼれたのは、かすかな声――。

蒼太は口もとに手をやると、ゆっくりと視線を上げた。

ためらいの色を浮かべた瞳が、あかりを見つめてくる。

「あかり……」

ささやくように呼ばれた名前に、思わず笑みがこぼれた。

それだけで、心がきらめいていく――。


「なんですか？」

ちょっとだけイジワルをしたくて、蒼太の顔をのぞきこむようにしながらききかえす。

何度でも呼んでほしいから――。

蒼太は言葉をつまらせると、真っ赤になった顔をバッとマフラーで隠した。

「うわああっ、はずかしいっ!!」

いたたまれないように叫ぶ蒼太を見て、あかりは肩を揺らして笑う。

蒼太も少しだけマフラーを下げると、照れ隠しのように笑い出した。


そのうちに、広場のからくり時計が鐘の音をあたりに響かせる。

二人が時計のほうを見ると、針は七時を指していた。

「遅く……なったね」

蒼太の言葉に、あかりは「うん……」とうなずく。


「……蒼太君」

降り落ちる雪を見つめていた蒼太が、驚いたように振り向いた。

そう呼びたかった。『望月君』ではなく、『蒼太君』と――。


(蒼太君。私ね……)

伸ばした手が、蒼太の手にほんの少しだけ触れる。
緊張しているのはあかりだけではないだろう。
蒼太は開きかけた唇を、思いとどまるようにキュッと閉じる。
ぎこちなくつないだ手からおたがいの温もりが伝わっていく。
指先まで、胸の鼓動に合わせてトクトクと脈打っている気がした。
その指を、あかりはそっと結び合わせる。

(私ね……君が………)

＊

家に帰り着いた時には、九時前になっていた。
玄関のドアをパタンと閉めると、あかりは上を向いて吐息をもらす。
心がフワフワとしていて、まだ夢のなかにいるような、そんな心地だった。
胸の高鳴りも、ずっと聞こえたままだ。

階段を上がって自分の部屋に入ると、ベッドに向かいうつ伏せに倒れこむ。
そのまま、熱を帯びた顔を枕に埋めた。
体を起こして携帯を取り出すと、写真を開いてみる。
そこに写る蒼太のはずかしそうな横顔を見つめながら、あかりはクスッと笑った。

写真を撮って、一つのケーキを半分にして食べて、いっしょに降る雪を見つめて。
初めて、手をつないだ——。
楽しくて、遅くなるのに離れがたくて。
もっといっしょにいたいと、ワガママを口にしそうになった。

蒼太とつないだ手のひらの温もりを思い出すと顔が熱くなり、あかりは携帯をコツンッと額に当てる。
電車に乗っているあいだも、家まで歩いている時も、ずっとポーッとなって、繰り返し思い返していた。

そのうちに、新着のメッセージを知らせる音が鳴る。
蒼太から送られてきたのは、二人で写した写真だ。
「ありがとう……」
そう、つぶやいてスタンプを返す。
本当はもっと話したいことはある。
けれど、その全部をきっと今はうまく伝えられないだろう。
(今度、また会った時に……)
その時には、蒼太とどんな話をしよう。
そんなことを考えて心待ちにしながら、あかりはメッセージを打ちこむ。
『おやすみなさい、蒼太くん』
送信すると、すぐに蒼太からのメッセージが返ってきた。
きっと、急いで送ってきてくれたのだろう。
そんな姿を想像すると顔がほころぶ。

あかりはベッドをおりて、自分の机に向かった。
引き出しのなかから取り出したのは、ずっと書きためている日記帳だ。

そのページを開き、ペンで丁寧に書きこむ。

『12月24日――私が恋を知る日――』

冬休みに入ると、蒼太たちと顔を合わせられたのは初詣の日だけだった。

受験の追いこみをしているあいだに一月がすぎてしまい、気づけばもう二月――。

最初の日曜日、あかりはいつもの画材店に立ちよってから、一人、駅に向かって歩いていた。

途中、足を止めたのはダークブラウンのオシャレな外観の店の前だ。

紙袋を手にした女の子たちが、和気藹々と店から出てくる。

最近、できたばかりのチョコレート専門店だろう。

「そっか……もうすぐ、バレンタイン……」

今まで、男の子にチョコレートを渡そうと思ったことなんてない。

あげるとしても、夏樹や美桜のような友達や、家族くらいだった。

でも、今年は――。

蒼太のことが思い浮(う)かんで、あかりは頬(ほお)を赤くしながら下を向く。

二月に入ってからは、三年生はほとんど学校に出てくることもない。

そのため、蒼太と次に会えるのはしばらく先だ。

受験が終わるまでは、そうそう待ち合わせて出かけることもできないだろう。

「会いたいな……」

そんな心の声が、ポロッとこぼれた。

クリスマス・イブの日は、蒼太にプレゼントを渡していっしょにすごせたことだけで、なんだか胸が一杯(いっぱい)になってしまって、そのまま家に帰り着いた。

正月の初詣の日はみんなといっしょだったから、二人きりでゆっくり話すということもしていない。三学期に入ってからはあかりも忙(いそが)しく、蒼太といっしょに帰ることもできなかった。

告白の返事も、心は決まっているのに――。

(もう……遅(おそ)すぎるかな……)

店に入っていく女の子たちを、あかりは遠巻きに見つめていた。

バレンタインは、女の子が好きな男の子に勇気を出して告白する日だ。
三月に入ってしまえば卒業を迎えてしまう。
これが返事を伝える、ラストチャンスになるのかもしれない。

(でも、なんて伝えれば……)
私も――。
そんな言葉が頭に浮かんできて、じんわり頬が熱くなる。

(もう少し……受験が終わるまで……)
数歩進んでから、あかりは思いとどまるように足を止めた。
カバンを持つ手にギュッと力をこめる。
「やっぱり……ちゃんと、伝えなきゃ」
そう声に出して言うと、きびすを返して店に向かった。
大丈夫。バレンタインの日は、恋の神様もほんの少しだけ背中を押してくれる。
勇気が出せるように――。

＊＊＊＋＊＋

『二月十四日、会えませんか？』
そんなメッセージを、蒼太に送ったのは前日のことだ。
午後一時に学校の美術室で――。
そう蒼太と約束をして、あかりは待ち合わせの時間より少し早く、学校に向かった。
一年生や二年生は午後からの授業が始まったころだろう。
あかりは美術室で一人、蒼太を待つ。

『ごめん、早坂さん！　少し遅(おく)れそう』
そう、メッセージが入ったのはそれからすぐだ。
明智先生につかまって、用事を頼(たの)まれているらしい。
『大丈夫です。待ってますから――』
返信をして、作業机に向かう。

雨音が静かな美術室にこもった音で響いていた。

クロッキー帳と筆記用具を取り出してから、カバンのなかに入っているチョコレート店の紙袋に目をやる。

（緊張してる……）

胸に手をやるとドキドキしているのがわかる。

深呼吸して落ち着こうとしたけれど、その鼓動の音は少しも静まらない。

「……蒼太君も、こんな気持ちだったのかな？」

そうつぶやいて、蒼太が告白してくれた日のことを思い返す。


『好きってことです！』

『だから、好きなんです！』

『絶対悲しませないし、毎日だって笑わせてみせます！』

『お弁当だって、毎日つくってほしいです！』

「毎日お弁当つくるのは面倒くさいので、ヤです」

あの日、蒼太に返した自分の言葉を繰り返し、あかりはほんの少し目を細めた。

(でも……暖かくなったら、お弁当をつくっていっしょにどこかに行きたいな)

もし、もしも付き合えたら――。

いっしょに手をつないで歩きたい。

メッセージのやりとりをして、電話もして。

おたがいに別々の大学に通うことになるから、毎日会うというわけにはいかないかもしれない。それでも、休日くらいは二人でのんびりすごしたい。

映画をみにいったり、買い物をしたり。水族館や遊園地に行くのもいい。

そんな、少し照れくさい夢を、蒼太は笑わずに聞いてくれるだろうか。

一年前は、誰(だれ)かに恋(こい)をするなんて思いもしなかった。

蒼太のことは見かけたことはあるけれど、話しかけたことも、話しかけられたことも一度もなかった。

蒼太はいつから、好きになってくれたのだろう。

どうして、好きになってくれたのだろう。

いつか、きいてみたい――。

（蒼太君の恋はいつから始まったんですか？）

あかりはクロッキー帳を開き、鉛筆を走らせる。

告白してくれた日の蒼太のことを思い出しながら。

（私の恋は……きっと、あの日から……）

『僕じゃ、ダメですか!!?』

tsunagitai…

つなぎたい…

君のぬくもり触れる——

kiminonukumori fureru—

name10 ～名前10～

kotaeha—

答えは——

✳︎✶＋ name 10 ～名前10～ ＋✶✳︎

『二月十四日、会えませんか？』

そんなメッセージがあかりから届いたのは、昨日のことだった。

『会えます！　いくらでも会えます！』

そう、蒼太は緊張しながらメッセージを返していた。

二月十四日――。

どうしても、バレンタインを意識しないわけにはいかなかった。

だから、待ち合わせ時間に遅れないよう、気合いを入れて早く出かけたというのに、どうやらそれが悪かったらしい。

廊下でばったり明智先生に遭遇してしまい、『ちょうどよかった』と学校新聞に掲載する短い小説の執筆を押しつけられてしまった。

「ああ、もう……なんでこんな時に！」

速攻で書き上げた原稿を明智先生に渡して職員室を後にした蒼太は、じれたように声を上げながら腕時計を確かめる。

思いのほか時間がかかってしまったせいか、もう二時をまわっていた。

あせって、つい小走りになる。


バレンタインに誰かからのチョコを期待したことなんて、今まで一度もなかった。

けれど、今日は——。

蒼太は赤くなりかけた顔に手をやる。

これで、勘違いだったら少々はずかしい。

もし、そうだったとしても、あかりに会えるのだ。それだけでもじゅうぶんにうれしい。

不意に、携帯の音が鳴り響いて蒼太は足を止める。

めずらしく、電話の着信音だった。

(あかりん？)

一瞬、そう思ったものの、彼女が電話をかけてくることなんて滅多にない。

確かめてみると、表示されているのは見覚えのない番号だった。

「えっ……なんだろう？」

蒼太は迷ってから、鳴り続けている携帯の応答ボタンを押す。

「もしもし……？」

『望月蒼太さんの電話でしょうか？』

「はい……そうですけど？」

『――出版社の――と、申します。このたびは当社の学生小説賞に応募いただきまして、ありがとうございます』

「え？　あ、は、はい…………」

『審査の結果、望月さんの小説が読者賞と優秀賞を……』

廊下の真ん中で立ち止まったまま、蒼太は電話越しの声を聞きながら、ゆっくりと目を見開いた。

その後、なんと返事をしたのかも、ほとんど覚えていない。

電話を終えると、携帯を持つ手が小刻みに震えていた。

『受賞されましたのでご報告を――』

その言葉だけが、頭のなかに繰り返し響いている。

結果は期待していなかった。

自分に自信がほしくて、あかりに釣り合う人間になりたくて、ただそれだけの理由で——応募しようと決めた小説賞。

頭に一気に熱が駆け巡っていくのを感じて、蒼太はグッと携帯を握りしめた。

「やった……やったっ！！！」

思わず出た声が、廊下に響く。

その余韻が消える前に蒼太は顔を上げ、廊下の先の美術室に向かって駆け出していた。

一番に、知らせたい人がいる——。

心臓の音だけが、耳に響く。

扉を勢いよく開くと、あかりはちょうど美術室を出るところだったようだ。

彼女は急に飛びこんできた蒼太に、びっくりしたようだった。

「あっ……蒼太………」

カラッと扉を閉めると、蒼太は深く息を吐き出す。

(あかりん……)

ゆっくりと手を伸ばすと、そのままあかりを抱きよせていた。

そのまま後ろの扉によりかかると、力が抜けたようにズルッと座りこむ。

いっしょになってペタンとその場に座ったあかりが、腕のなかで息をのんでいるのがわかった。

そんな彼女に、蒼太は瞳をうるませながら精一杯笑ってみせる。

(あかりん、やったよ………)

春輝から、『上映会の準備するから、手伝え！』と有無を言わせない招集がかけられたのは、二月の終わり。優の受験が終わってすぐのことだった。

映画研究部の上映会は、卒業式の前日におこなわれることになっていた。その日のためにパンフレットを作ったり、告知のポスターを作ったりと、やることは山ほどある。

「まさか卒業間際まで、作業やらされるとは……」

優がパソコンに向かいながら、ため息まじりにそうもらす。

「しょうがないだろ。校長が張り切ってんだ。ったく……咲兄がしゃべるからだ！」

留学の準備もある春輝は、ガシガシ頭を掻くと少々苛立たしそうにそう答えた。

そんな二人の会話を、ボーッとしながら聞いていた蒼太の頭に、コツンとなにかが当たる。

それがキーボードの上に落ちてきて、「ん？」と拾い上げた。

「……なにこれ？」

開いてみれば、ただのいらなくなったメモ用紙だ。

「おい、もちた。いつまでフリーズしてんだ。いい加減、再起動しろ！」

振り向くと、春輝がにらんでいる。

「あ、わ、ご、ごめんっ！　すぐやります！」

そう言いながら椅子を引いてパソコンの画面と向き合ったけれど、いつの間にか書きかけの文章をデリートしてしまっていたらしい。

やってしまったとため息を吐いていると、後ろの席で作業をしていた優が、「なあ、もちた」と声をかけてきた。

「なにかあったのか？　早坂と……」

ドキンッとして、蒼太は一瞬、動きを止める。

「えっ、なんだよ。なにかってなんだ？」

映画の最終チェックをしていた春輝が、ヘッドホンを頭から外して話に入ってきた。

バレンタインの日のことが頭に浮かんできて、一気に蒼太の顔が赤くなる。

そんな反応を見て、春輝がニヤーッと笑った。

「へぇー……で、なにやったんだ？　もちたー？」

椅子をクルッとまわし、すっかり問い詰める態勢になっている。

蒼太は「あっ！」と大きな声を上げると、勢いよく立ち上がった。

「明智先生に用事があったの思い出した！　ちょっと、行ってくる！」

「えっ、咲兄、今日出張でいねーぞ!?　こら、もちた。逃げんな！」

春輝の声を背中で受け流しながら、蒼太は部室を飛び出した。


部室から離(はな)れると、ホッと息を吐く。

その口もとが緩(ゆる)みそうになって、手の甲(こう)で隠(かく)すように押さえた。

バレンタインの日から、ずっとこの調子だ。

自分でもあきれてしまうくらいに浮かれている。

今なら、あかりが恋(こい)は『金色』だと言った言葉の意味が、蒼太にもわかるような気がした。

好きな人のことを考えるだけで、心はこんなにもきらめく。

その気持ちを教えてくれたのは――。

（あかりん、君だよ……）

✳✶✦ epilogue ～エピローグ～ ✦✶✳

受験がようやく終わった二月の下旬。

あかりは美桜と夏樹といっしょにケーキショップに足を運んだ。

この店に来るのは、クリスマス・イブの日以来だ。あの日は満席で入れなかったが、今日はそれほど待つことなく店に入れた。

「あかりも美桜も、お疲れ様！　後は結果を待つだけかぁ。ドキドキだね」

「瀬戸口君の受験はどうだったの？」

美桜が紅茶のカップを手にしながら、夏樹にきく。

「それが、私がきいてもはぐらかすばっかりで教えてくれないんだよ！　まあまあ……とかかっこつけて言っちゃってさ。優のことだから大丈夫だと思うけど……ああ、でもやっぱり心配だよっ！」

「そうだね。早く、知りたいような、知りたくないような……」

「美桜もあかりも大丈夫。絶対！　私が保証する！」

夏樹は胸を叩（たた）いて力強く宣言する。

あかりはそんな二人の会話を聞き流しながら、シュガーポットのなかの角砂糖をつまむ。

それを、コーヒーのカップにポトンッと落とした。

「あ、あのさ……あかり。さっきから気になってたんだけど……いくつ、いれるつもり!?」

夏樹に言われて、「え？」と視線を上げる。

向かいに座った夏樹と美桜が呆気（あっけ）にとられたようにあかりを見ていた。

カップに目をやると、角砂糖の山がコーヒーのなかにゆっくり沈（しず）んでいく。

（あれ、何個……いれたかな？）

いつもはケーキを食べる時には、コーヒーに砂糖なんていれないのに。

カップに口をつけてみると、ひどく甘い――。

「あかり……ほんと、どうしちゃったの!?　なんだか、今日……変だよ!?」

「あ、そうだね。ミルクもいれないと」

あかりは思い出して、テーブルの真ん中に置かれたミルクポットに手を伸（の）ばした。

それを、カップのなかになみなみとそそぎいれる。

夏樹は美桜と顔を見合わせてから、身を乗り出してきた。

「もしかして……だけど、もちたとなにかあった？」

カップを持ち上げようとしたあかりの手が、ピクッと止まる。

バレンタインの日のことが頭に浮かんできて、頬がカァと赤くなった。


あの日、美術室に駆けこんできた蒼太が、急に抱きしめてくるから――。

あかりは目を見開いたまま、その腕のなかで息をのんでいた。

蒼太の心臓の音も、自分の心臓の音も大きくて。

力が抜けたみたいに二人してペタンと座りこみ、そのまましばらく動けなかった。


「いったい、なにがあったの⁉　っていうか、もちた、なにしたのーっ⁉」

「なっちゃん、落ち着いて！」

頭を抱えている夏樹を、美桜がオタオタしながらなだめる。


そんな二人の声を聞きながら、あかりはフォンダンショコラをパクッと頬ばる。

なかのチョコレートみたいに、とろけそうな笑顔になった。

（おいしい。また、来たいな。今度は……蒼太君と）


その日が、待ち遠しくてしかたなかった――。

美大の合格発表の日、あかりは大学の正門の脇にたたずんでいた。

空をおおっていた雲に切れ間が生じて、明るい太陽の光が広がる。

もう、春の光なのだとそんなことを思いながら、まぶしさに目を細めた。

「ごめんっ、遅くなって!!」

そう言いながら、息を切らして駆けつけてくる蒼太の姿に笑みがこぼれる。

そばまでくると、蒼太は緊張したようにあかりを見た。

「結果……どう……だった？」

あかりは『入学案内』の分厚い封筒を、自分の顔の前まで持ち上げる。

それを見た途端、蒼太は膝に手をつきながら深く息を吐き出した。

ここに来るまで、よほど心配していたのだろう。

「よかった……」

安堵したようにもらしてから、蒼太は真っ直ぐあかりを見つめてくる。

本当にうれしそうな顔をしながら――。

「おめでとう」

そう言われた途端に胸の奥が熱くなってきて、あかりは封筒を抱きしめた。

一歩だけ前に出ると、蒼太の肩にトンッと頭をあずける。

「えっ、あ、あの……あか……あかっ!?」

うろたえている蒼太の声を聞きながら、口もとを緩めた。

「ありがとう……蒼太君……」

「ごめん……今……ちょっと……ダメだっ！」

赤くなった顔を腕で隠そうとする蒼太に、あかりはつい「フフッ」と笑った。

腕を退けた蒼太は、気はずかしそうな顔をしている。

それから、ふと寂(さみ)しげな表情になった。

「これからは……そんなに、会えなくなるね……」

「え……？」

「あ、いや……卒業もしちゃったし……大学も別々だから……」

「会おうと思えば、いつでも会えるでしょう？」

首をかしげながら答えると、蒼太の瞳(ひとみ)に一瞬(いっしゅん)だけためらうような色が浮かぶ。

それが消えると、真剣(しんけん)な顔をしてあかりを見つめてきた。

「……会いたいと、思ってくれる？」

そうきいてくる蒼太に、あかりは熱で潤(うる)んでくる瞳をわずかに伏(ふ)せた。

「うん……」

差し出した手を、蒼太がためらいがちに手のなかに包みこむ。

熱が伝わってきて、あかりは頬を赤くしながらほほえんだ。

「ねえ、蒼太君」

「……なに？」

「私ね……」

少しだけ背伸びして、蒼太の耳もとでささやくように伝える。

『……君がいいんです』

二人の、『恋』の答えは――。

The end

HoneyWorks メンバーコメント！

僕が名前を呼ぶ日
小説化ありがとうございます!!
ちょっぴり小悪魔なあかりん好きです。

shito

ヤマコ
『僕が名前を呼ぶ日』
小説化 ありがとうございます!!
「ヤキモチの答え」小説化から約4年半…シリーズ内一番(?)
もどかしい関係だった2人の成長や進展にドキドキです。
PVでは少し大人な表情を意識して描いていました。
いろんな表情を見せてくれる2人が大好きです!!
ろこる
祝「僕が名前を呼ぶ日」小説化!!

モゲラッタ

サポートメンバーズ！

Oji

買ってくれてありがとう！
たくさん読んでね！
僕が名前〜、私が恋を〜
両曲とも大好きです
また、ステージで演奏するのが
楽しみです。遊びにきてね！
Oji

ziro

他人の恋は楽観的
自分の恋は悲観的
ziro

AtsuyuK!

僕もこんなキュンキュンする恋がしたい〜!!
結婚したい。
切実に。 AtsuyuK! Drums

中西

僕の初恋の相手の名前はあかりでした。
フラれました。 中西

cake

僕が〜私が〜をライブで演奏する時、イントロでとってもドキドキしてます
皆は日々ドキドキしてますか？
もちたはカッコ可愛くて大好きです!!
cake

Who's next?
MILK

「告白予行練習 僕が名前を呼ぶ日」の感想をお寄せください。
おたよりのあて先
〒102-8177 東京都千代田区富士見2-13-3
株式会社KADOKAWA 角川ビーンズ文庫編集部気付
「HoneyWorks」・「香坂茉里」先生・「ヤマコ」先生
また、編集部へのご意見ご希望は、同じ住所で「ビーンズ文庫編集部」
までお寄せください。

告白予行練習(こくはくよこうれんしゅう) 僕(ぼく)が名前(なまえ)を呼(よ)ぶ日(ひ)

原案/ HoneyWorks 著/香坂茉里(こうさかまり)

角川ビーンズ文庫 21203

平成30年10月1日 初版発行
令和2年12月20日 4版発行

発行者――青柳昌行
発 行――株式会社KADOKAWA
〒102-8177 東京都千代田区富士見2-13-3
電話 0570-002-301(ナビダイヤル)
印刷所――旭印刷株式会社
製本所――株式会社ビルディング・ブックセンター
装幀者――micro fish

●お問い合わせ
https://www.kadokawa.co.jp/ (「お問い合わせ」へお進みください)
※内容によっては、お答えできない場合があります。
※サポートは日本国内のみとさせていただきます。
※Japanese text only

ISBN978-4-04-107510-4 C0193 定価はカバーに表示してあります。 ◇◇◇

原案／HoneyWorks
著／藤谷燈子、香坂茉里
イラスト／ヤマコ
告白予行練習
シリーズ
青春系胸キュンボカロ楽曲の名手、
HoneyWorksの代表曲、続々小説化!!
好評既刊
1. 告白予行練習
2. 告白予行練習　ヤキモチの答え
3. 告白予行練習　初恋の絵本
4. 告白予行練習　今好きになる。
5. 告白予行練習　恋色に咲け
6. 告白予行練習　金曜日のおはよう
7. 告白予行練習　ハートの主張
8. 告白予行練習　イジワルな出会い
9. 告白予行練習　僕が名前を呼ぶ日
以下続刊

昨日「好き」って言ってくれたキミは、いったい誰？
切ない初恋ストーリー！
秋吉理帆
昨日のアイツ、今日の君。
昨日のアイツ、今日の君。
Kinou no aitsu kyou no kimi
感動！恋したい！の声ぞくぞく！
秋吉理帆×藤原ゆかが贈る
泣きキュン♥ラブ！
運命の彼は、キミですか？
秋吉理帆
運命の彼は、キミですか？
本当のキミを知って、きっともっと好きになる。
泣けるピュアストーリー！
角川ビーンズ文庫

ジャマしないでよ、
大神くん！
再生数100万回
めざして、
実況中!?
大好評
発売中！
リア充イケメンには
要注意!?
WEB発 炎上上等(?)学園ラブコメ！
あずまの章 イラスト・夏芽もも
誰もが認める絶対的美少女――清見ヒロ子・16才。その正体は高校デビューの地味顔でチョー貧乏。お金のため、とある特技で動画を投稿したら一躍有名人に！　でもクラスの神イケメン・大神くんに"裏の顔"がバレて!?

「脳漿炸裂ガール」「厨病激発ボーイ」に続く、
新たなる、れるりりワールド!!
僕がモンスターになった日
原案：れるりり
(Kitty creators)
著：時田とおる
イラスト：MW
(Kitty creators)
疾斗が目を覚ますと、幼なじみの護、美少女・つかさ、生徒会長の悠弦、お調子者の功樹の姿が。共通点はゲームで『レベル99』になったこと。そこで突然モンスターに襲われ、魔王を倒すまで出られないと知り……!?
大好評発売中!!
角川ビーンズ文庫

朱里(あかさと)コウ
イラスト／柚木(ゆずき)ウタノ
Sound
君に捧(ささ)げる恋のカノン
君の歌に、恋をした。
カリスマバンドのボーカルと期間限定カレカノに!?
クリスマスイブ、ライブステージで歌うカリスマバンド
RAISEのボーカル・キョウに一瞬で恋をした花音。
彼を追いかけて同じ高校に入学し、ついに運命の再会!
するとキョウに期間限定の“彼女役”を頼まれて……!?

●角川ビーンズ文庫●

わ、私……
西内くんのことが
好きです！
俺と付き合ったら
普通の恋愛できねーよ？
――ってどういう意味!?
好き、だから。
告白した彼、西内くんの
誰にも言えない秘密って!?
それでも、西内くんと恋がしたい
滝沢美空
好評発売中!!!

切なすぎる
ラストに
泣きキュン!
油木 栞
イラスト●雨宮うり
待ち合わせは理科室で
Machiawase wa Rikashitsu de
らくがきが結ぶ、はじめての恋——
苦手な理科の授業中に理緒が見つけたひそかな楽しみ
——それは、"K"という男子との机でのらくがき交換。
"K"候補、サッカー部の桐生君と近づく中、大嫌いな
はずだった理科教師、榎本先生とのキョリも急接近!?

●角川ビーンズ文庫●

男子と話すのが苦手な波菜は、中３の夏、模試で消しゴムを貸した宇城くんに高校で再会！　彼に少しずつ惹かれていくけれど、「おもちゃみたいでかわいい」って言葉に、波菜の恋心は振り回されてばかりで……!?

第18回
角川ビーンズ小説大賞
ジュニア部門スタート！
2018年
10月1日から
受付スタート！
18歳までなら
誰でも
応募できるよ！